Sonya
ソーニャ文庫

スパダリは猫耳CEO

八巻にのは

JN192193

イースト・プレス

contents

プロローグ

望んでいたのは、ありきたりな日常のはずだった――。

単調で退屈《たいくつ》な、代わり映えのない毎日をひたすら繰り返すこと、それが和音《かずね》の望みだった。

引っ込み思案で、冴《さ》えなくて、何の取り柄もない自分はきっと恋なんてできないと思っていたし、ときめきは小説やテレビドラマの中で楽しめれば、十分だとも思っていた。

「和音は、こういうのを望んでるんだね」

しかしどういうわけか和音は今、一人の男に押し倒されている。

父でさえ訪ねてきたことのない狭いアパートの部屋で、彼の存在はあまりに異質だった。

凛々《りり》しく整った顔立ちに、はだけたシャツの間からチラリと見える逞《たくま》しい身体は現実感がない。その上、男はベッドサイドに置かれた、乙女系小説を手にしている。

男に似合わぬそれは、数日前に和音が妹から借りたものの中の一冊だ。

『侯爵様の苛烈《かれつ》な溺愛!? 淫《みだ》らな夜が紡《つむ》ぐ愛』という作品は妹の一押しで、読んだときは、和音もヒーローのセリフの甘さに赤面しつつ、現実にはないロマンチックで過激な恋のやりとりに胸をときめかせた。

(でも……、自分もそういうことをしたいなんて、思っていたわけじゃないのに)

「なるほど。腕を縛って、キスをするのがいいのか」

身動きのとれない和音にのしかかりながら、男は小説の挿絵と和音の姿を交互に見つめる。それから彼は蠱惑《こわく》的な笑みを浮かべると、薄い唇をそっと開き、和音の唇を優しく奪った。

「ん……やぁ……ンぅ」

深いキスと共に吐息がこぼれ、和音の身体がビクンと跳ねる。

(絶対、こんなの変……。キスなんて、したことなかったのに……)

慣れていない自分は小説のヒロインのように艶《なま》めかしい甘い声をこぼせるはずがない。そう思うのに、キスが深まるごとに、和音の目は潤《うる》み、つま先から頭の先まで蕩《とろ》けてしまうのだ。

「まだ少し、緊張してる?」

一方で、和音を啼《な》かせている本人は、息一つ乱していない。

その姿はまさに小説のヒーローのような余裕に溢《あふ》れているけれど、だからこそ和音はいまだに現実感が湧《わ》かなかった。

「もう……やめて……」

「どうして？　俺は和音の願望を叶えてるだけだよ？」

「こんなこと、願ったことない……」

「恥ずかしがる必要はないんだ。セックスは誰しもが望むことだし、恐れるものでもない」

そう言いながら和音の頭を優しく撫《な》でると、男は逞しい腕で身体を抱き上げる。

そのまま向かい合うようにぎゅっと抱きしめると、男はまるで猫のように和音の頭に頬をこすりつけた。

「戸惑いは、俺がすぐ取り除いてあげる。思うがまま、淫らによがれるように、俺が優しく化かしてあげるから」

そう言って見つめる瞳が金色に輝いた瞬間、和音の身体に得も言われぬ衝撃が駆《か》け抜ける。

「さあ、和音のしたいこと、全部教えて？　ノーマルでもアブノーマルでも、望むことなら何でもするから」

人のよさそうなにっこり顔で言い放つ男に、和音はひぃぃと色気のない悲鳴を上げたつもりだったのに、口からは悩ましい吐息しかこぼれない。

その上、今すぐ逃げ出したい気持ちとは裏腹に身体は男にすり寄っていく。

（これは……きっと夢だ……。なんだかすごくいい匂いがするけど……、絶対に夢だ……）

そう繰り返しながら、和音は男の腕の中でぎゅっと目を閉じ、つい数時間前までは確かにそこにあった平穏を思い出そうとした——。

第一章

かわいらしいクマのぬいぐるみを手に、お姫さまのドレスに身を包んだ小さな姉妹が、和音の側を駆け抜けていく。

それを追う母親と父親の姿に、口元を小さく緩《ゆる》ませながら、和音は清掃《せいそう》用具とアメニティがのった台車をゆっくりと押していた。

東京のウォーターフロントの一角、日本国内だけでなく海外からも観光客がつめかける巨大遊園地の側に建つホテル《シーサイドホテル猫羽《ねこば》リゾート》

平日休日問わず多くの家族連れで賑《にぎ》わうこの場所で、和音が客室係として働き出して、もうすぐ二年が経つ。

仕事は大変なことも多いけれど、遊園地に向かう家族の楽しげな顔を見るのは大好きだ。だから今日もすれ違う客たちから元気をもらいつつ、和音は清掃作業に打ち込むつもりだった。

けれど、清掃のために客室の扉を開けようとしたところで、和音はふと動きを止めた。

「和音ちゃんどうしたの？　カードキー反応しない？」

同僚の木村《きむら》に声をかけられ、和音は慌てて首を横にふる。

扉の前でもたもたしていることに気づいた木村は心配そうに和音の顔を窺《うかが》っていた。

「何か心配事でもあるんなら、おばちゃんがあとで聞いたげるよ」

和音より二回りほど年上の木村は、和音を娘のように思っているのか、こうしてよく声をかけてくれる。

けれど『能面《のうめん》のようだ』と揶揄《やゆ》されるほど表情を作るのが苦手な和音は、自分の考えや気持ちを相手に伝えるのも下手で、木村の好意を無駄にしてしまうことが多かった。

「ごめんなさい、ちょっとボンヤリしちゃって……」

そして今日も、和音は悩みを口にできぬまま、逃げるように客室へ入っていく。

本当は木村に相談したい気持ちもあったけれど、プライベートなことで彼女を煩《わずら》わせてしまうのは申し訳なくて、どうしても言えなかった。

閉め切られていたカーテンを開け、和音は気分を変えるために大きく息を吐《は》いた。

和音が担当している高層階の部屋からは、美しい太平洋はもちろんのこと、近くはお台場から、遠くは富士山までを見渡すことができる。

その景色は壮観《そうかん》で、見ていると少しだけ気は紛れたけれど、それでもやはり気分が冴えなくて、和音の視線は足下へと下がっていく。

「クロ……大丈夫かな……」

思わずこぼれた言葉に、和音は改めて気持ちの切りかえができない自分を情けなく思う。

彼女が気落ちしている理由。それは一週間程前に拾った、クロと名づけたオス猫にあった。

その猫が先日ふいと行方《ゆくえ》をくらましてしまい、もう三日ほど捜《さが》しているがいまだ見つかっていないのだ。

そもそもクロは和音の飼《か》い猫ではないし、もしかしたらもとの飼い主のところに帰ったのかもしれない。

だがクロとの出会いを思うと、彼との間には不思議な縁《えん》があるような気がして、捜さずにはいられなかった。

それにクロと出会ったのはこのホテルの側だったから、出勤するたびついそのときのことも思い出してしまう。

クロを見つけたのは、ホテルでの仕事を終えた後だった。バスで帰ろうとしていたところで、ぐったりと倒れていたクロに気づいたのだ。

ホテルや遊園地の周辺は身を隠す場所もないせいか、普段は海鳥《うみどり》くらいしか見かけない。そのため猫がいることを珍しく思いながら近づいて、和音はひどく驚いた。

その黒猫には、尻尾が二本生えていたのだ。

(尻尾が二本ある猫なんて、まるで妖怪みたい……)

そんなことを思って少し気味悪く感じたが、クロがとても苦しげに唸《うな》っているのを見て、和音はためらいながらも拾い上げ、病院に連れて行くことにしたのだ。

病院でも、二本の尻尾は珍しいと話題になったが、稀《まれ》にそういう生まれのものもいるらしい。そして検査の結果、クロには大きな怪我もなく、栄養不足による衰弱《すいじゃく》だろうと判断された。

そのことにほっとして、和音は病院で買った栄養食を手にクロとともに家へと帰った。ここまで来たら、自分が最後まで面倒《めんどう》を見ようと決めたのだ。

いつもは優柔不断で物事を決めるのに時間がかかることの多い和音だが、病院に連れて行ったときにはすでに、自分でこの子の世話をしようと自然と思っていた。

そしてそれを感じ取ったのか、クロは和音に従順だった。

「大丈夫よ。私は何もしないから」

猫を飼ったことはなく、扱い方については本で読んだ程度の知識しかないけれど、クロは頭がいい猫なのか、和音が話しかけるとわかったふうな顔で言うことを聞くし、家の中を汚したりすることもなかった。

それどころか、クロには妙な人間くささがあった。

中でも一番驚いたのは、簡易のトイレを用意してもそれを使わなかったことだ。

それを不思議に思って観察していると、クロは音もなく人間用のトイレに向かい、器用に扉を開けて中に入っていったのである。

まさか中でしているのかと驚くのと同時に、猫がどうやってトイレを使うのか興味を引かれた。

好奇心に負けて扉を開けると、なんとクロは絶妙なバランス感覚で便座の上に立っていたのだ。

「あなたって器用なのね」

すでに用を済ませたあとだったようだが、思わず感心して声をかけた和音に対し、クロはまるでこの世の終わりのような顔をした。

嘘のようだが、本当にあのときのクロはそうとしか思えない表情を浮かべていたのである。

動物は人間よりも表情がわかりにくいと思っていたが、クロに限って言えばそんなことはなく、声の代わりに表情で気持ちを伝えることが多かった。他人からよく『表情筋が死んでる』と言われる自分よりずっと、クロの方が表情豊かであるとさえ思う。

トイレを覗《のぞ》いたあと、彼はずっと恥ずかしそうな顔をしていたし、それに気が引けて和音もずっと「ごめんね」と謝り続けていた。

そうしているうちにわだかまりも解け、クロはまた和音に甘えるようになってきた。

和音にすり寄ってくるクロは、『撫でて欲しい』『くっつきたい』というように純粋に甘えてくることもあれば、仕事で疲れてぐったりとしていたときには「大丈夫？」と気遣ってくることもあった。

そのため、相手は猫だとわかっていながら言葉をかけることが増えていき、気がつけば彼を『クロ』と呼ぶようになっていた。

普段おしゃべりが苦手であるにもかかわらず、クロとのやりとりはむしろ楽しくて、一緒に生活していくうちに、これからずっと家族のように暮らしていくのだろうと思っていた。

……だが数日前、クロは突然姿を消してしまった。

戸締まりはしっかりしていたはずなのに、仕事から帰ると、家にその姿はなく、近所を捜し歩いたが結局見つからなかった。

甘えていたように見えたが、本当はずっとこの家から抜け出したかったのだろうかと、和音はクロが消えた晩から何度となくそんなことを思い、落ち込んでいた。

仕事中だと言い聞かせても些細《ささい》なきっかけでクロのことが頭をよぎってしまうし、こういうときに限って、清掃のために入った客室の床には客がおみやげで買ったらしい猫のぬいぐるみが落ちていた。

それを見た途端、またクロのことを考えてしまいそうになり、和音は慌ててぬいぐるみを拾い上げる。

そっと抱いてテーブルに移動させてから、和音は今度こそ仕事に戻らないとと、気持ちを切りかえる。

無口でコミュニケーション能力が低い和音は、客室清掃の速さと完璧さだけが唯一の取り柄なのだ。だからこそグズグズしていられないと気合いを入れて、すぐさま清掃に取りかかる。

（あれっ……）

だがやはり、クロの件で今日の自分は相当参っているのだろう。

カートにのせるべきアメニティの数が足らず、和音は大きく肩を落とした。

（本当に、私ったら何やってるんだろう……）

仕方なく倉庫に取りに行こうと廊下に出て、和音は念のためドアを一度ロックする。

そしてそのまま踵《きびす》を返そうとしたとき、背後の気配を失念していた和音は、誰かと身体をぶつけてしまった。

「……も、申し訳ございません」

慌てて身を引こうとした次の瞬間、傾いた和音の身体を相手がさっと支えた。

動揺で顔を上げられなかったが、服装と体格から、ぶつかった相手が男性だということはわかる。

「いや、こちらこそ申し訳ない」

その声に怒りの気配はなく、和音は安堵《あんど》する。

けれど男の声には、耳をくすぐるような不思議な甘さがあり、ただでさえ男性に慣れていない和音はほっとしたのもつかの間、今度はひどくドキドキしてしまう。

「大丈夫？　どこか痛めたりしてない？」

「はっはい……。あの……申し訳……ございません……」

相手が気遣ってくれているというのに、和音はやはり顔を上げられず、震える声でそう返すことしかできない。

そんな彼女を見て男は笑うように吐息をこぼし、和音の身体を支えていた腕をゆっくりと放した。

しかし男はその場を去らず、和音をじっと見つめているようだ。

(もしかして、気に障《さわ》ったかな……)

声も単調で表情の乏《とぼ》しい和音は、他人の目にはいつも不機嫌に見えるらしく、そのせいで誤解されることが多い。

今も、精一杯謝っているつもりだし、心から申し訳ないと思っているが、それが声や顔に出ていないのだろう。

怒らせたのではないかと不安になるが、少しの沈黙の後に男が発した言葉は意外なものだった。

「急いでいたようだけど、何か問題でも?」

「えっ?」

「何か困りごとでもあるのかなと思って」

「い、いえ……ただ備品の補充を……」

そんなことを客らしき男に言ってどうするのだと思いつつ、少しだけ落ち着いてきた和

音は男の姿をそっと窺う。

(あっ……)

和音は、その男のあまりの美貌《びぼう》に息をのんだ。

まず目を引いたのは男の持つ黒髪だ。日本人なのだから黒いのは当たり前だし見慣れているはずなのに、夜の闇を思わせる艶《つや》やかな黒髪から不思議と目が離せない。

そして何より、その深い黒色はクロの毛並みを思い出させ、和音の心は大きくざわついた。

けれど初対面の人間を、それも自分が迷惑をかけた客を、猫と重ねるなんて失礼な気がして、和音は慌てて視線を下げる。

とはいえ客を前に顔を下げすぎるのも失礼なので、ひとまず男の口元に視線を縫《ぬ》い付けた。すると、形のいい薄い唇から、穏やかな声がこぼれた。

「備品なら、全部そろっているように見えるけど?」

「えっ……」

「だから慌てなくて大丈夫。……それじゃあ、お仕事頑張って」

男の言葉に戸惑いつつ、和音はカートに目を向けハッとする。

(えっ、なんで……?)

カートには、足りないはずのアメニティがどっさりとのっていたのだ。

(会話をしている間に、木村さんがのせてくれたのかしら……)

そんな気配はなかったのにと思ったところで、和音はすぐ近くにいたはずの男の姿が消えているのに気づく。

彼が去るのに気づかないほどボンヤリしていたのか。長い廊下をきょろきょろと見回しても男の姿はない。

（部屋に入ったのかしら……。でも、ここから向こうはもうチェックアウトが済んでいるはずだし……）

次々に浮かんでくる疑問に思わず考え込んでいると、部屋の掃除《そうじ》を終えたらしい木村が和音に目を留めた。

「また止まってるけど、大丈夫……？」

心配そうな声に、和音はようやくハッとする。

「すみません、すぐ仕事に戻ります……」

「具合が悪いのなら、少しくらい休んでもいいのよ。和音ちゃん、おばちゃんたちのシフトをいつも変わってくれちゃうから、このところずっと休みなしでしょう？」

だから今日は自分が頑張るのだと明るい笑みを向けてくる木村に、和音はほっとする。

「ありがとう、ございます。もし、休むときは、よろしくお願いします」

つっかえながらもそう告げると、木村は嬉《うれ》しそうに笑った。

「もちろんよ！　おばちゃんこう見えて体力には自信あるし、どんどん頼っちゃって！」

木村の元気な声と笑顔を見ていると、気持ちも落ち着いてきて、和音は改めて彼女に頭を下げた。

＊＊＊

シーサイドホテル猫羽リゾート、通称シーサイドホテルでは、常時二百人ほどの従業員が働いている。

ホテルを経営しているのは、日本だけでなく世界中にホテルチェーンを展開している大企業《猫羽リゾート》だ。

《猫羽リゾート》が経営するのは、最低でも一泊七万円はする超がつくほど高級なホテルばかりだが、このシーサイドホテルは珍しく、リーズナブルな価格帯のファミリータイプのホテルだ。

だがそれを理由にサービスに手を抜きたくないというCEOの意向で、従業員数はそれなりに多く、和音たち客室係だけでもかなりの人数が働いている。

その上シーサイドホテルは、パートから正社員への登用も盛んで、それに伴《ともな》う部署異動も多く、長く働いている和音でも、同じ部署で働く人の名前をすべて覚えるのはひと苦労だった。

（あ、また新しい人が増えてる……）

仕事を終え、ロッカールームに貼られたパート用のシフト表を見れば、見覚えのない名前がまたいくつか増えていた。

それにため息がこぼれてしまうのは、内気な和音にとって、新しい同僚はある種の脅威であるからだ。

木村のように明るく接してくれる人ならいいが、和音のような物静かで口下手なタイプを嫌う者は、一定数いる。今のところいじめられたりはしていないが、仲良くなれないままの相手もいるし、気が合っていても仲良くする前に部署替えでいなくなるということはしょっちゅうだった。

和音は客室係として働き出してもう二年ほど経つが、いまだパートのままで社員にはなっていない。

何度か正社員への誘いがあったが、客室係以外の仕事に就《つ》く可能性があることを思うと、踏ん切りがつかなかった。

（掃除ならともかく、フロント業務なんて絶対無理だろうし）

そんな弱気な考えがいつも頭をよぎるし、質素な生活を心がけている和音は、客室係の給料でも十分やっていける。

一人暮らしで結婚の予定もなく、趣味といえば乙女系小説や海外のロマンス小説を読んだり、恋愛映画を観に行くくらいなのだ。

ファッションや美容への興味もあまりなく、そちらにはほとんどお金を使わない。肩まで伸びた髪を束《たば》ねているのは百円ショップで買ったシュシュだし、冬はいつも保温性だけが取り柄のロングシャツに、パーカーを重ね着して、デニムパンツを穿《は》いている。外出するときは格安店で買ったダッフルコートを羽織るが、すべてあわせても一万ちょっとだ。

そんな装いを崩《くず》したことのない和音だから、今の仕事でも収入的に問題はないのである。その上、和音の両親はどちらも公務員なので稼ぎも安定しており、『子どもに金の無心をする気もないし、老後の面倒をかける気もない！』と言い切っているので、仕送りの必要もない。

妹の話では、ぼけたときの老人ホームから、死んだあとの葬式の手配や墓石まですでに準備しているらしく、和音の仕送りもすぐ突き返されてしまうのだ。

慎《つつ》ましいながらも工面した仕送りが帰ってくるのを見るたび、正社員でもなく結婚相手も見つからない和音を心配してのことだと思って一時期凹《へこ》んでいたが、妹がお金持ちの御曹司と早々に結婚してもそのスタンスは崩れず、それどころか『私たちはお互いが一番大事だから、お互いのことはお互いで面倒を見たい』とラブラブな様子で説明されてからは、ある種尊敬の念を抱いている。

両親は和音が幼い頃から共に仕事で忙しく、二人と過ごした時間はさほど多くないが、それでも深い愛で結ばれていることは常々感じてきた。

そしてそういう二人を見て憧《あこが》れてきたから、和音は恋愛に夢を見がちで、ロマンス小説や映画が好きなのだろう。

けれど和音自身が恋に落ちる気配はなく、異性が相手だと普段よりさらに緊張してしまい、うまく会話することすらできない。

だからきっと自分はこの先も独り身でいるだろう。ならば今後も一人で生きていくため給料のよい正社員になるべきなのかもしれないが、もし客室係以外の仕事を任《まか》されたらと思うと、どうしても踏ん切りがつかないのだ。

(でもさすがにそろそろ、身の振り方を真剣に考えるべきかしら……)

気がつけば和音はもう木村の次に古株だ。

五十近い木村はまだしも、まだ二十五歳の自分がベテランの一角を担《にな》っているのは少し複雑で、和音はシフト表を見ながらこっそりため息をついた。

「アノ……」

そのとき、突然後ろから声をかけられる。

驚いて振り返ると、そこには見覚えのない若い女性が立っていた。どうやら、入ったばかりの新人らしい。

「いま……ダイジョウブ……ですか？」

一見すると日本人にも見えるが、たどたどしい日本語や仕草に和音は違和感を覚える。

『もしかして、海外の方ですか？』

和音の口から自然とこぼれた英語に、女性は大きく目を見開いた。

『シフトを代わってもらえる人を探していて……』

返事の言葉は英語で、和音はひとまず胸をなで下ろす。内気な性格ゆえに人からは意外に思われるが、和音は日本語よりも英語の方が得意だった。

高校まで親の仕事の都合で海外を転々としていたため、実は日本語の方がなじみが薄い。もちろん、日本語の読み書きは普通にできるが、和音の脳は英語を基準に言葉を理解しようとしてしまうため、どうしても日本語だと反応が一瞬遅れてしまうことがある。

その上、帰国子女は皆快活《かいかつ》で人慣れしたイメージがあるため、引っ込み思案で口数の少ない和音を『お高くとまっている』と思う者も少なくなく、そのせいで学生時代は友達ができないどころか、いじめられることも多かった。

人とのコミュニケーションが苦手なのも、そのときの苦い経験があるからだ。

とはいえ、そもそも社交的な方ではないから、相手の使う言語にかかわらず緊張はしてしまうし、ただでさえ能面といわれる顔はさらに硬直してしまう。

けれど、相談を持ちかけてきたフェイと名乗る女性は和音と同様おとなしい性格らしく、彼女とのやりとりは思った以上にスムーズだった。

『曜日をすぐ言い間違えてしまうので、シフトの調整がうまくいかなくて』

そう言って落ち込むフェイのために、和音はシフトを代わってくれそうな人に目星をつける。

『たぶん木村さんか、リーさんなら大丈夫だと思います。二人とも来月はもう少しシフトを増やしたいと言っていたので』

本当は自分がと言いたいところだったがシフト的に無理だと謝罪をすれば、フェイは「アリガトウ」とにこりと笑って、和音から離れていく。

こういうとき、一緒について行って間を取り持ってあげられればもっといいのだが、そこまでのお節介を焼けない自分が情けなかった。

木村とリーはどちらも面倒見のいいタイプで、和音のことも気にかけてくれている。それなのに、自分が曖昧《あいまい》な言葉や反応しか返せなくて申し訳なくなり、ついつい距離を置いてしまうのだ。

今日も和音は壁の陰からうまくいくようにと見守ることしかできず、その姿はさながらサスペンスドラマで事件を目撃する家政婦のようである。

はたから見れば怪しい人物に見えるに違いないと思いつつも、少し離れた場所で話す三人をじっと見守っていると、ふいに、背後で誰かが笑ったような気配がした。

やはり怪しすぎただろうかと恥ずかしく思いながら、和音はそっと振り返る。

だが後ろには誰もおらず、廊下の方にも人影はない。

（おかしいな、確かに誰かいた気がするのに……）

ふと、昼間会った不思議な男のことが思い出される。

（まさか幽霊……とか？）

そんなことを考えて、和音は慌てて考えを打ち消した。

和音を支えてくれた腕は力強かったし、あんなにはっきりとした幽霊などいるわけがない。

(それかまた、いつものあれかしら……)

頭をよぎった不安にため息をつきつつも、きっと自分の勘違いだろうと、和音はそう思うことにした。

＊＊＊

仕事を終え、従業員通用口から外に出ると空はすでに暗く、代わりにホテル側面に飾られたイルミネーションが辺りを暖かく照らしていた。

クリスマスが近いこともあり、ホテルの外壁や街路樹《がいろじゅ》にはクリスマスツリーやリースをモチーフにした飾りつけが施され、中には写真を撮っている観光客も見受けられた。

クリスマスは家族で祝う風習が強い国を転々としてきたせいか、和音はこの時期がとても好きだ。楽しそうな人々を見ているだけで心が温かくなるし、ここ数年は一人で過ごすことが多いが、それでも部屋には小さなツリーを置き、自分なりに二十五日を楽しみにしていた。

(今年はようやく一人きりじゃないと思ったのにな……)

鮮やかなイルミネーションに背を向け歩き出すと、再びクロのことが頭をよぎり、気持ちが沈んでいく。

きっと彼の方は一匹でも問題なく過ごしているだろうと思ってはいるが、それでも家族のように過ごした数日が和音に言いようのない寂《さび》しさを抱かせる。

(念のため、今日も少し近所を捜してみようかな……)

もしかしたら、クロの方も和音に会いたがっているかもしれない。

それが都合のいい思い込みだという自覚はあったけれど、そのまま家に帰る気になれず、結局和音は回り道をすることにした。

ホテルのあるリゾートエリアと駅を挟んだ反対側、川沿いに広がる住宅街の片隅《かたすみ》に和音の家はある。

再開発によってできた街並みは洒落《しゃれ》ていて、大きな家が目立つが、和音が住んでいるのは昔ながらの古いアパートだ。

アパートがある辺りは開発の波からこぼれてしまった地区らしく、建ち並ぶ建物は多くが空き家になっている。

そこを根城にしている野良猫が多いので、もしかしたらクロも加わっているかもしれないと思ったのだ。

クロの好きだったジャーキーをスーパーで買い、近所をぐるりと回ってみる。

人気《ひとけ》がなく、街灯の明かりも心許《こころもと》ない通りを歩くのは勇気がいるが、時折すれ違う猫のおかげで、怖さはだいぶ和らいでいる。

中には和音を見守るように寄り添い歩いてくれる猫も時々いて、彼らにおやつを分け与えながら進めば、暗がりに対する恐怖も少しは紛れた。

(でもさすがに、ちょっと疲れてきたな……)

まだ覗いていない空き家はあるけれど、毎晩夜遅くまでクロを捜し歩いていたせいか、疲れと眠気はすでに限界だった。

その上今日はクロが心配で食事もろくに喉《のど》を通らず、一歩進むごとに確実に体力は減っている。

(でもあと一軒だけ、見ていこう……。もしかしたらいるかもしれないし……)

もし自分以上にお腹を空かせていたら、なるべく早く見つけてあげなくてはと思い、ふらつきかけた身体に活《かつ》を入れる。

そして野良猫たちが根城にしている空き家を覗こうと少し広い通りに出たとき、突然側を歩いていた猫がばっと和音の足下から離れた。

驚いて立ちすくんだ直後、和音は猛スピードでこちらへ向かってくる一台の車に気がついた。

慌てて壁際に避けようとするが、急に目眩《めまい》を感じた和音は、後ろに下がるどころか前に倒れそうになる。

（ぶつかる……！）

恐怖から身体が動かず、壁際に寄ることもできずにいた和音は、咄嗟に目をつぶった。

――けれど、衝撃はなかった。

代わりに、何か大きなものが和音に覆い被さるような気配がして、車の走行音は遠ざかっていく。

「……君は、本当に目が離せない人だね」

聞こえてきたのは、危機的状況に似合わない穏やかな男の声だった。

（この声、どこかで……）

そう思って目を開けると、まず飛び込んできたのは遠くで光る車のテールランプだった。

それを微《かす》かに視界にとらえながら、和音はおぼろげな意識の中で自分が助かったことをうっすらと理解した。

けれど緊張の糸が切れてしまったせいか、途端に意識がぼんやりとして、身体から力が抜けてしまう。

「身体、俺に預けて……」

耳元で再び声が響き、和音は後ろを振り返る。

だがどうにも頭がぼんやりとしていて、確認できたのは、誰かが自分を支えるように立っているということだけだった。

「安心して、俺が家まで送ってあげる」

まるで子どもをあやすように言われると、なんだかひどく心地がいい。

（これは夢かしら……。もしかして、本当は私、すでに死んでいたりして……）

不思議な心地よさに包まれて、和音はそんなことを思いながら男の腕に身を委《ゆだ》ねた。

第二章

まどろみの中、和音が最初に感じたのは、頬にすり寄ってくるクロの温もりだった。

甘えるような鳴き声が耳元に響き、和音は安堵から思わず笑みをこぼす。

「よかった……帰ってきてくれたのね……」

重いまぶたを押し開けて、クロの姿を確認しようと身体を傾ける。

「……え？」

自分でもびっくりするほど間抜けな声がこぼれたのは、その直後のことだった。

目に映ったのはクロではなく、見知らぬ男だったからである。

「おはよう」

向けられた笑顔は、すべての女性を虜《とりこ》にするだろう、優しく甘いものだった。

普段の和音なら、見た瞬間、緊張のあまり顔を背けてしまうようなものだったけれど、
自分の置かれた状況は理解を超えていて、瞬《またた》きすらできず見つめていた。

「気分はどう？　水でも飲む？」

しかし男の方は、まるでそうするのが当たり前とでも言うように、寝癖で乱れた和音の髪をなでつけている。

その感触でようやく頭が働き出したが、やはりこれが現実だとは思えない。

けれどいつまで待っても男の気配は消えず、彼は笑みを濃くしながら、口を開いた。

「小さな猫の姿じゃ君を暖められないから、こっちの姿の方がいいと思ったんだ。暖房もあまり効かないし、寒そうに丸まっている姿が見ていられなくて」

「えっ……猫……？」

男の言葉の意味がわからず、唯一認識した『猫』という単語を間抜けな声で繰り返すと、男が楽しげな笑い声をこぼす。

「あれ、もしかして気づいてない？」

「気づくって……」

「俺は見ず知らずの怪しい男じゃないよ。ここでこうして和音を抱きしめているだけの理由、ちゃんとあるから」

その言葉で、和音はようやく自分の腰に回された男の腕に気づく。

けれど、慌てて身を引くより早く、男の腕はさらに強く和音の身体を搦《から》めとった。

そのまま強く抱きしめられると、なぜだか和音の身体から緊張が抜けていき、服越しに伝わる男の温もりに心地よささえ感じて始めてしまう。

父親以外の異性に抱きしめられたことなんてほとんどないし、そもそも人との触れ合いは苦手だったはずなのに、なぜだかこの男の腕の中はひどく安心してしまうのだ。

（この感じ、クロとくっついて寝てたときと似てる……）

思わずそんなことを考えて、和音はクロがいないことに気づく。

先ほど感じた温もりは幻だったのだろうかと落胆しかけたとき、男の黒い髪に目がとまった。

（この色……それにこの人どこかで……）

「俺のこと、思い出してくれた？」

穏やかな声に、相手が昼にホテルの廊下で出会った男だと気づく。

あのときは、緊張でろくに顔を見られなかったけれど、自分を抱き寄せる男は彼に間違いない気がした。

それがわかると、ぼんやりしていた頭の中が次第にはっきりし始め、昼間のことや仕事終わりにクロを捜し歩いていたことを思い出す。

今更のようにこれが夢ではないという実感が出てきて、和音の口からはか細い悲鳴がこぼれた。

「私……車に轢《ひ》かれて……それになぜ……お、お客様が……」

「車には轢かれてないし、俺はお客様じゃないよ？　俺の顔をもっとよく見てよ、そうすれば、きっと誰だかわかるから」

「み……見られませんし……見てもわかる気がしません……！」

とにかくこの男と距離を取らねばと今更ながら身をよじると、男は意外とあっけなく腕を放してくれた。

その隙に、和音がベッドを抜け出せば、男は身を起こし、寂しげな顔で和音を見上げる。

「和音は、俺とくっつくの嫌になっちゃった？」

「くっ……くっつくだなんて……」

「毎晩くっついてたじゃないか。それも和音の方から」

「あなたとは今日会ったばかりかと……！」

じりじりと壁際に後退しつつ必死に言葉を返せば、男は拗《す》ねたような表情を浮かべる。

改めて見てみると、彼の顔立ちは凛々しく、とても男性的だ。けれど子どもっぽい表情も不思議と絵になっていて、うっかりすると見惚《みと》れそうになる。

けれど今はそんな場合ではない。和音は乱れる鼓動を落ち着かせようと胸を押さえた。

「目、逸《そ》らさないで。俺のこともっとよく見れば、きっとまた一緒に寝たくなるから」

艶っぽい声は聞いただけでドキドキして、なぜか抗《あらが》えない。

けれど意識しないようにすればするほど、視線は男に釘付《くぎづ》けになるばかりだった。

和音を見つめる男は、彼女が愛読する恋愛小説から抜け出たような、完璧な容姿を有している。

横になっていたときはよくわからなかったけれど、背もかなり高いようだ。

和音と比べると身体も大きくて逞しく、先ほど押しつけられた胸の硬さから察するに、筋肉もしっかりとついているのだろう。

穏やかな声や眼差しのおかげで威圧感はないものの、完璧すぎる容姿には気後《きおく》れするし、小説の挿絵や映画のスクリーン越しならともかく、現実では近づくことさえできないレベルのイケメンだ。

「……やっぱり、気づいてもらえないか」

「気づくも何も、やはり今日が初対面だとしか思えませんし……」

「初対面どころか、トイレを覗かれたこともあるんだけど？」

「そ、そんな失礼なことを……私がしたんですか……!?」

男の言葉はあまりに衝撃的で唖然としていると、低い笑い声が側で響く。

「まあ、鍵《かぎ》をかけなかった俺も悪かったよ。でも猫の身体だとなかなか難しくて」

そう言って男がにぎにぎしている手のひらは、どう見ても大きいし猫のものではない。

何かの冗談なのだろうかと考えていると、「遠回しな表現じゃ君には届かないか……」と彼は小さく笑う。

「俺は、君に助けてもらった猫なんだ。君が『クロ』って名づけてくれた、ね」

男の言葉はしっかりと耳に届いたけれど、和音の頭はその意味をなかなか理解することができずにいた。

「そういえば、君は英語の方が得意なんだっけ？」

先ほどと同じセリフをもう一度英語で言われるが、それでもやはり和音はぽかんとしてしまう。

「……猫？」

ようやく声を発することができたが、その言葉はあまりに間抜けだった。

「うん、ホテルの前で拾って病院に連れて行ってくれただろう？」

「ど、どうしてそれを……」

「だから、俺がクロだからだよ。俺を見てくれた先生の名前は吉田《よしだ》さんで、看護師さんは小林《こばやし》って名札をつけてたっけ」

確かにそのとおりだった気がするが、それだけで彼の言葉を受け入れることはできない。

「クロだなんて、あり得ません。本当は誰なんですか？」

「俺は君のクロだ。他の誰でもない」

そう言い張る男は本名を名乗る気配もない。だから仕方なく『クロ』と言う名の変人だと思うことにするが、やはり釈然《しゃくぜん》としない。

「猫だなんて、そんなことあるわけないのに……」

「言葉だけじゃわからないだろうし、見てみる？」

「み、見るって、何をですか……？」

「猫耳。情けないから女の子にはあまり見せたくないんだけど、こうしないと和音は理解してくれそうもないから」

そう言ってクロが頭を掻《か》き上げた直後、和音は先ほどよりもっと間抜けな声を上げてしまう。

「みっ…耳ッ!?」

「うーん、スーツに猫耳ってちょっと間抜けかな？　妖術で服も替えた方が、雰囲気出る？」

「よ、ようじゅつって……なんですか……？」

「妖怪の妖に術と書いて妖術。さっき君を助けたときに使った、特別な力のことだよ」

「じゃあの、あなたは……」

「限りなく人間に近い妖怪。猫又《ねこまた》ってわかるかな、うちの父方のご先祖《せんぞ》様がそれなんだ」

何でもないことのような口調で説明されてもピンとこないし、あり得ない話を繰り出してまで和音の気を引こうとする変態のクロは頭がおかしいとしか思えない。

（いや、きっと本当におかしいんだ……）

「私また、変態に捕まっちゃったんだ」

思わずこぼれた言葉に、クロの猫耳がピクンと揺れる。

「変態とは心外だなぁ」

「だって、そんな猫耳カチューシャつけてますし……」

「これは本物だよ」

「だ、だまされません……。自分のことを妖怪と言ったり、私の部屋に勝手に入り込んでいることを考えると、変質者としか思えません」

「俺は変態でも変質者でもないよ。こんなに顔と身なりがいい変態なんていないだろう？」

「そ、それは偏見なのでは……？　顔がよくても変態な人はいますし、実際その……そういう人にも会ったことあります……」

「ふうん、最近の変態は多種多様だね。でも安心して、俺は変態じゃなくて妖怪だから」

「絶対嘘ですよね……」

「まあ和音は常日頃から、変態に好かれやすいみたいだし、不安になるのもわかるけどさ」

「……えっ、どうしてそれを……」

「うん、調べたからね」

何食わぬ顔で断言され、和音は相手がストーカータイプの変態だと確信する。

男が言うように、和音は昔からこの手の輩にやたらと狙われやすかった。

特に日本に帰国してからは顕著《けんちょ》で、高校時代は痴漢の被害にもよくあったし、登下校中に怪しい男に待ち伏せされたことだって何度もあった。

けれど相談できる友人はおらず、家族にも心配をかけるのが嫌で言い出すことができなかった。それでも勇気を出して教師や警察に相談すると、内気すぎる和音の性格が問題だと指摘され、『狙われる君の方にも理由があるんじゃないのか』と逆に叱られてしまった。

『無意識に男を煽《あお》っている』『勘違いされることをする方も問題だ』とさえ言われると、

確かに和音に執着する男たちはビクビクと怖がる自分の姿を喜んでいたような気もして、以来和音は相手を興奮させないよう表情や言葉を引き締めることにしたのだ。

それが功を奏したのか、日常生活に影響が出るほど表情が乏しくなるにつれ、変態との遭遇率《そうぐう》も減り、近頃はようやく平穏が訪れたと思っていたのだが、どうやら違ったらしい。

(猫耳でイケメンの変態だなんて、過去最大の大物かもしれない……)

そして家にまで乗り込んでくるなんて絶対にやばい男だとしか思えない。

「とにかく帰ってください、警察を呼びますよ」

「いいよ呼んでも。妖術で追い返せばいいし」

「そんなもの使えるわけないです」

「使ってなかったら、君は今頃車に轢かれてたと思うけど」

「あっ……」

ふいに頭をよぎったのは、車に轢かれそうになったときの記憶だ。

それはどういう意味だと言おうとして、和音の身体に突然寒気が走る。

「思い出した？」

「はい、でもまだぼんやりしていて……」

詳細を思い出そうとすると頭に靄《もや》がかかったようになり、彼にどう助けられたかは思い出せない。

確かに家まで連れて帰ってくれたのはクロだった気がするけれど、わかるのはそれだけだ。

「それは妖術を使ったからだよ。君は妖術に酔いやすいタイプだから、まだ頭がクラクラしてない？」

事故に遭《あ》いそうになったあと、妙にふらふらしていたのも妖術に酔ったせいだとクロは説明する。もしそれが本当なら、記憶がおぼろげなのも理解できる。

（でもそんなこと絶対あり得ない……だって妖怪なんてそんな……）

その上不思議な力まで使えるなんてあり得ないと心の中で繰り返していると、クロがふっとおかしそうに笑う。

「まあ、信じられないのも無理はないし、そのうち理解してくれればいいよ。しばらくはここにいるつもりだし」

「し……しばらく……？」

「命を助けてもらった恩返しもしたいし。『受けた恩は必ず返すべし』って掟《おきて》が妖怪の世界にはあってね」

クロの顔は、冗談を言っているようにも、嘘をついているようにも見えない。

（もしかしてこの人、自分が妖怪だって心の底から信じているのかしら……）

「あの、本気で言ってるんですか？」

「もちろんだよ」

クロの言葉は揺るぎない。

「妖怪の掟は絶対だし、俺自身も和音にもっと尽くさないと納得できないから」

「そう言われても、恩返しをされるようなことは……」

「和音は俺を拾い、命を救ってくれた恩人じゃないか」

そう言われても和音はピンとこないし、自分が妖怪だと信じて疑わないクロのことが心配にさえなる。だが和音の怪訝そうな顔を見ても、クロは妖怪の話をやめるつもりはないようだ。

「実は俺、時々猫に戻ってしまうときがあるんだけど、最近は身体の不調も重なって倒れることも多いんだ。そのまま死体と勘違いされて、ゴミと一緒に捨てられそうになったこともあるし、和音に拾ってもらわなかったら今頃粉々《こなごな》だったかも」

クロの話は少しオーバーな気がしたけれど、あまりに堂々と言うものだから、なんだかうっかり信じそうになる。もし彼の言葉が事実なら、あのとき彼を見つけることができてよかったと、一瞬思ってしまったくらいだ。

（……いや、でも、そもそもこの人が猫なわけないわよね）

真剣な言葉にうっかり釣られかけた自分を心の中で叱り、流されるな、彼は変態だと言い聞かせる。

「というわけで、俺は和音に恩を返すまで側にいるから」

「恩返しをしたいと言うなら、帰ってください」

「まあ、そう言わずに。こう見ても俺、器用だから色々役に立つよ」

「でも、して欲しいことなんて何もありません」

「きっと自分で気づいてないだけだよ。……たとえばほら、こういうこととかしてみたくない？」

そう言ってクロが手に取ったのは、机の上に置かれていた乙女系小説だった。

それも妹が半ば強引に押しつけてきた、ＳＭ描写まである過激な内容のものである。

「いやあの、それは……」

「和音、こういう本いっぱい読んでただろ？　それに、うっとりもしてた」

「どっ、どうしてそれを……」

「膝《ひざ》の上で見てたし」

そういえば、本に夢中になるあまり、クロが膝の上にのってきたのに気づかないことがあった。

（いやでも、あの『クロ』とここにいる『クロ』と名乗る人は別のはずだし……）

「恥ずかしがらなくてもいいんだよ。こういうことに興味があるのは普通のことだし」

言葉と共にぐっと距離を詰められて、和音は逃げようと身をよじる。

「いや……」

「強情だね。でも、そういう顔もそそられる……」

クロと目が合った瞬間、なぜだか身体からふっと力が抜ける。

「さあ、望みを教えて。和音がしたいことは全部してあげる。不安も恥じらいも消して、上手に化《ヽ》か《ヽ》し《ヽ》てあげるから」

甘い声が耳朶《じだ》をくすぐった瞬間、まるでスイッチが切れたように和音の意識は闇へと落ちていった――――。

第三章

目覚ましのアラームが響き、和音は枕元に置いたスマホに手を伸ばした。

しかし、身をよじりながらアラームを止めたところで、和音は妙な違和感を覚える。

（なんだか、身体が変……）

それに妙に寒いと思いながら身体を起こし、和音は目を見開く。

「あれ……私……」

思わず声をこぼしてしまったのは、服どころか下着一枚身につけていなかったからだ。

同時に頭をよぎったのは、昨日現れた猫耳男のことだ。まさかと思いかけて身体を確認するが、何かしらの行為をした形跡はない。裸で寝ていたせいで少し寒いが、小説などでよくある『腰の疼き』や『身体のだるさ』と言ったものも感じなかった。

（じゃあやっぱり夢……？）

そもそもあの男も、自分が見た夢の存在だったのではとさえ思い、和音はひとまずほっと息をつく。

「おはよう、和音」

だがその直後、安堵の息は小さな悲鳴に変わった。

「さすがにその反応は傷つくなぁ」

などと苦笑しながら、朝食ののったお盆を手にやってきたのが、あのクロだったからだ。

昨晩と違って猫耳はなく、高級そうなスーツを隙なく纏《まと》っている。

ただし、スーツの上に着ているエプロンが、和音が普段使っている花柄であることと、運んできた朝食が味噌汁《みそしる》と焼き魚に納豆とご飯という和食セットであるせいで、少しちぐはぐな印象ではあるが。

「動ける？　ご飯、俺が食べさせてあげようか？」

「いっ、いえ……ただあの、服が……」

「二人きりなんだから、裸のままでもいいじゃない」

全然よくないけれど、服の入ったタンスはクロの向こうだ。

そこまで全裸で移動するのも恥ずかしくて身動きできずにいる間に、クロはテキパキと配膳《はいぜん》を終わらせてしまう。

「和音は、納豆は醬油《しょうゆ》よりタレ派できっちり三十回搔き混ぜたのが好きだったよね」

「ど、どうして……」

「ずっと見てたって言っただろう？」

「ずっとって、いったいどこから……」

「猫だった頃、一緒にご飯食べたじゃない」

「確かに、猫のクロとはいつも一緒でしたけど……」

「俺が『クロ』だってこと、まだ信じてない？」

「だって、そんなわけがないし……」

「なら、味で証明するよ。味噌汁の味や鮭《さけ》の焼き加減、ちゃんと和音の好みにあわせたから」

だからさあ食べてと、クロは和音を手招きする。

確かに、用意された朝食はとてもおいしそうだったけれど、そんなことより今はこの状況を説明して欲しかった。

「いえ、あの、それより私、どうして裸で……」

戸惑いのあまり声が震え、どうしていいかわからなくなる。

するとクロがさっとこちらに近づき、大きな瞳で和音をじっと見つめた。

『落ち着いて』

先ほどとは少し違う声音で囁《ささや》かれ、不思議な色合いの瞳に見つめられると、それまでの動揺がすっと引いていく。恐怖や戸惑いも薄れ、どこか呆けた顔でクロを見つめれば、彼はこんな安アパートにはそぐわぬ高貴で爽《さわ》やかな笑みを返してきた。

「安心して、何もしてないよ」

「ほ、本当ですか……？」

「俺は紳士的な猫だよ？　嫌がる相手には何もしないよ」

「じゃあなんで私、こんな姿に……」

さっきとまったく同じ爽やかな笑みを浮かべるクロに、和音は真っ青になりながら毛布をさらにぎゅっと握りしめる。彼の笑顔は、ある種のごまかしに見えたからだ。

「そんなに顔を青くすることはないよ。和音の大事な初めてはまだ奪ってないし」

「初めてはって、もしかしてそれ以外は……」

記憶もないしその名残はないけれど、そうに違いないと和音は確信した。だって相手は猫耳をつけ、自分は和音の飼い猫だと言い張るような変態なのだ。ならば何もされていないわけがない。

「その顔、俺、全然信用されてないみたいだね」

「だって、こんな状況でどうやって信用すれば……」

「まあそうだよね。和音なら信じてくれるって、ちょっと甘く考えすぎてたかもしれない」

苦笑するクロはどこか悲しげで、和音はちょっと言い過ぎただろうかと思ってしまう。けれどこういう場面でほだされて、後々後悔したことは一度や二度ではない。騙されやすい女だ、反抗しない女だと思われて、一方的に好意を押しつけられ、つきまとわれた過去を思えば、ここで同情することはできなかった。

だからこそ動揺は表に出さず、和音は口をきゅっと引き結ぶ。

そうしていると、クロは観念したようにゆっくりと立ち上がった。しかしそれにほっとしたのもつかの間、彼は和音の方にぐっと身を乗り出す。

「……でも俺、諦《あきら》めないから」

和音をじっと見つめる瞳が金色に輝いたように見えて、息をのむ。

そしてその直後、優しい口づけが和音の唇をかすめた。

「俺が何かしたって思ってるなら、そう思っていいよ。俺たちはもう、赤の他人じゃない」

クロの声に耳朶をくすぐられ、こんなふうに心を乱されたのは初めてではないという気がした。

『さあ、望みを教えて。和音がしたいことは全部してあげる。不安も恥じらいも消して、上手に化かしてあげるから』

『ノーマルでもアブノーマルでも、望むことなら何でもしてあげるからね』

甘い声音に蕩かされ、深いキスに溺《おぼ》れた光景がよぎり、和音は真っ赤になってクロから離れる。

だが不思議なことに、同意なく淫らな行為をされたというのになぜだか恐怖が湧いてこない。思い出したのはキスの記憶までだし、それすらもふわふわと曖昧なものだからだろうか。

「私本当に……」

「さあ、どっちだろうね」

否定とも肯定ともとれない言い方をして、クロは和音の頭に手を置いた。

そのまま優しく撫でられるが、やはり嫌な感じはせず戸惑う。

「もし和音が無理やりされたって思うなら、警察に駆け込んでもいいよ？　まあ、言ったところで相手が俺なら取り合ってもらえないと思うけど」

取り合ってもらえないとはどういうことだろうかと思うが、それを尋《たず》ねる勇気はない。

ただただ困惑していると、クロはどこか不思議そうな顔をして首を傾《かし》げた。

「あれ？　もしかして和音、俺が誰だかわかってない？」

「誰って、自分が『クロ』だって言い張る猫耳の変態さん……ですよね？」

「うん、まあ、変態は余計だけど……。参ったな、敬語で話しかけてくるから、てっきり知ってるんだと思ってたんだけど」

そこで何やらブツブツ呟いてから、クロはじっと和音を観察する。

「和音は、シーサイドホテルに勤めてるんだろ？」

「はい」

「俺のこと知らない？　顔とか、見たことない？」

「お客様の顔は、さすがに覚えきれなくて……」

でも確かにどこかで見た気はするなと首を傾げていると、クロはおかしそうに噴き出した。

「いいや、この話はあとにしよう。とにかく、警察に駆け込まれても俺は諦めないよ。君にちゃんと恩返しさせてもらうまで、何度でも来るから」

「どうしてそこまで……」

「言っただろ、俺は君に命を救われたんだ。……それに」

クロは、何かを探るように和音の様子を窺う。

「正直に言ってしまうと、自分でも、どうしてこんなに君に固執するのかわからないんだ。だから、それを知りたい気持ちもある」

だから俺はまた来るよと微笑む彼は、うっとりするほどかっこよくて、和音は見惚れそうになる自分を叱責《しっせき》する。

見かけだけなら、まるで恋愛小説のヒーローのようだけれど、相手は変態なのだ。だから絶対に油断してはいけない、優しくしてはいけないと和音は心の中で繰り返す。

「今は何を言っても無理だろうし、ひとまず帰るよ。そろそろ仕事の時間だし」

諦める気がまったくなさそうな彼の様子にがっかりすると共に、妖怪だと言い張っていた彼がまるで人間の……それもビジネスマンのような慣れた手つきで、懐からスマホを取り出したことに驚く。

「また時間を見て会いに来るね。夜は一緒にご飯を食べよう。そのときにまた、詳しく説明するから」

和音の頬にちゅっとキスをして、クロは彼女から遠ざかっていく。

「それじゃあまたね」

にっこり笑い手を振ると、彼は意外なほどあっけなく部屋を出て行き、和音は一人部屋に残された。

そのまま呆けていると、すべては夢だったのではないかと思えてくるが、ふと視線を下げれば、食卓の上にはまだ湯気のたっている朝食があるのだった。

＊＊＊

「すごい顔色だけど大丈夫？」

そんな声にはっとしたのは、仕事の制服に着替えようとロッカールームへ歩いているときだった。

顔を上げれば、見覚えのあるスーツ姿の男が心配そうにこちらを見ている。名前は覚えていないが、確かフロントマネージャーをしている男だったと思い立ち、和音は慌てて姿勢をただした。

「大丈夫です、失礼します……」

そのまま逃げるようにロッカールームに駆け込んで、今更のように、心配させてすみませんと心の中で謝る。部署も違うのに声をかけてきたということは、それほど和音の顔色が悪く見えたのだろう。

これ以上迷惑をかけないようにもっとシャキッとせねばと思うが、脳裏をよぎる人間のクロの笑顔に和音はつい顔をしかめてしまう。

クロが去ったあと、和音は結局空腹には勝てず、彼の作ってくれた朝食を食べ、仕事へと向かった。

まるで狐――いや猫につままれたような一夜を過ごしたとはいえ、朝が来れば当然、いつものとおり出社の時間も迫ってくる。そんな当たり前のことに、和音はほっとしていた。仕事先に行ってしまえば、いつもの自分を取り戻せるのではとも思っていた。

実際、家にいた頃より気分はだいぶマシになっていたのだ。けれど、ロッカールームで着替えを済ませ、いざ仕事場に向かおうとしたところで、職場の雰囲気がいつもと少し違うことに気づいた。

ロッカールームには客室担当の他に、フロントやレストランなどで働くいわゆるホテルの表側に立つ女性たちもいるのだが、彼女たちの装いがどことなく華やかなのだ。

「ねえ、聞いた？」

突然声をかけてきたのは木村だった。その顔を見て、和音は思わず目を見開いてしまう。他の従業員と同じかそれ以上に、木村の顔がいつもとまったく違っていたからだ。

「あらやだ、もしかしてちょっとお化粧《けしょう》濃すぎたかしら」

顔を見たまま固まっている和音に気づき、木村は慌ててコンパクトを取り出す。

その様子を見て、周囲の女性従業員たちの雰囲気が違うのは、皆の化粧が濃いせいだと気がついた。

同時にその理由が気になって、和音は珍しく自分から木村にそっと近づく。

「あの、何かあるんですか？」

「何かあるも何も、今日から猫羽リゾートのＣＥＯが視察に来るんだって！」

だから粗相《そそう》がないように、メイクなどにも気を遣っているのかと和音は納得する。

「それは、緊張しますね」

「緊張っていうか、むしろ興奮よ！　猫羽のＣＥＯといえば、すさまじくイケメンなことで有名だし」

「そ、そうなんですか？」

「あらやだ知らないの⁉　若くして猫羽リゾートを継いだ人なんだけど、これがまたいい男な上に秀才で、経営手腕も優れてる完璧イケメンなのよ！　それもホテル王だし！」

木村は興奮した様子で、ＣＥＯのことを語り出す。

海外の大学を卒業した秀才であることや、一度は経営難に陥《おちい》っていた猫羽リゾートを僅《わず》か数年で立て直したこと。国内展開のみだった猫羽のホテルを国外に進出させ、成功させた立役者なのだという情報は、ホテルの一従業員として和音も知っていた。

海外進出したホテルは評判がよく、世界の主要都市に建てられていることはテレビでも取り上げられていた。

けれど木村の持つ情報はそれよりさらに詳細なもので、ＣＥＯの身長体重から交友関係まで把握しているとわかり驚いた。

「すごく、お詳しいんですね」

「おばちゃん、猫羽さんのファンなのよ。俳優さんみたいにかっこいいし、それにほら、おばちゃんたちみたいなパートにもいいお給料くれるでしょう？『役職や雇用《こよう》形態に関係なく、ホテルを支えてくれるすべての従業員を大切にしたい』ってインタビュー記事にもすごく感動しちゃって」

そう言ってうっとりとため息をつく木村を見ていると、まだ会ったことのないＣＥＯになんだか親しみが湧いてきた。

「あっちの若い子たちと違って、お近づきになりたいとか、見初《みそ》められたいなんてことは思わないけど、視界の隅に入ったときのために、やっぱり綺麗にしておきたいじゃない？」

再び化粧直しをし始めた木村と同様に、少し離れたところで身支度をしている従業員たちは異様なやる気に満ちあふれている。

イケメンＣＥＯがどれほどの人物なのかはわからないけれど、もし小説や映画の中に出てくるホテル王のような人物が目の前に現れたら、誰だって浮かれてしまうだろう。

（私も、昨日のことがなかったらわくわくしてたのかな……）

ホテル王といえばロマンス小説の定番だし、どんな人なのかと顔を見るのを楽しみにしていただろう。

けれど和音は昨晩、猫耳までつけたとんでもない変態と一夜を共にしてしまったのだ。

そのせいで今は、平穏な日常を望んでいたし、ようやく落ち着いてきていた心が、この浮かれた雰囲気によってまたざわつき始めるのは勘弁してほしかった。

「大丈夫？」

心許ない気持ちが顔に出ていたせいか、木村がどこか心配そうな顔でこちらを見る。

大丈夫です、とすぐに答えられればいいのに、一瞬、間が空いてしまったせいで、木村は和音が何か問題を抱えていると思ったらしく、化粧直しの手を止めた。

「……ちょっと気になってたんだけど、和音ちゃん、最近何か悩んでるわよね」

「それは……」

悩んでいたのはクロのことだ。でも猫耳の変態が押しかけてきて……なんて言っても、信じてもらえるかどうかわからない。

それに、仲のいい木村から、和音に非があると指摘されたら少なからず傷ついてしまう気がして、言葉が出てこない。

だからここはともかくごまかして、いつも通り仕事をしようと和音は気持ちを切りかえた。

大丈夫だと笑って木村を安心させることくらいなら、コミュニケーションが不得意な自分でもできる。

「あっ、もしかして……！」

けれど和音が言葉を発するより早く、木村が何かを思いついたように、彼女の肩をぎゅっと摑む。

「もしかして、あの噂って本当だったの？」

「う、噂……？」

「和音ちゃんが、ストーカーされてるって噂よ！」

また一つ、衝撃的な情報がもたらされ、和音はぽかんと口を開けるほかなかった。

＊＊＊

「ねえやっぱり、まだ顔色悪いよ？」

「すみません、もともとこういう顔色で……」

朝と似たようなやりとりをまったく同じ人と交わしたのは、お昼休憩を終え、仕事場に戻る途中のことだった。

「それならいいけど、無理しないようにね」

「……ありがとうございます」

朝と違って礼を言うくらいの余裕はできていたが、心配をかけすぎるのも申し訳なくて、和音は逃げるように持ち場に戻る。

普段から表情が変わらず、『何を考えているかわかりにくい』と言われる自分が二回も声をかけられたということは、相当ひどい顔をしているのだろう。けれど今日は普段の顔に戻せる気がしなかった。

（猫耳の変態だけじゃなくてストーカーまでいるなんて言われたら、元気なんて出せないよ……）

もともとその手の輩に絡まれやすい自覚はあったし、日頃から自分なりに気をつけているつもりだった。極力人と関わらず、必要以上に知り合いも作らず、気を許すのは近所の猫と、拾ったクロくらいのものだった。

にもかかわらず、一度に二人の相手に悩まされるなんてと、和音は仕事をしながらついグルグルと考えてしまう。

常に稼働率九割を誇るシーサイドホテルの客室係は激務であり、担当する部屋数はかなり多い。だから呆けている暇などないのだが、今日は頭を悩ますことが多すぎて、和音の手は何度か止まってしまっていた。

それでも何とかノルマはこなせたけれど、明らかにいつもより作業が遅い和音に、木村だけでなく、マネージャーや他の同僚たちからも「大丈夫？」と心配される始末だった。

（仕事をしていれば、いつも通りに戻れるって思ってたのにな……）

昔から、和音は変化に弱かった。

自分の生活環境が大きく変わるたびに必ず嫌なことが起こってきたせいで、いつもと違うことが起きると、どうしても不安を覚えてしまうのだ。

だから和音はできるだけ環境と表情を変えないよう努力してきた。ほとんど同じことの繰り返しである今の仕事がとても気に入っているのも、変化が少ないことが一番の理由だ。

散らかった部屋を片づけ、浴槽を磨き、シーツをぴちっと整えていると、どんなに嫌なことがあっても心を落ち着かせることができる。

ただ今日は、せっかく完璧に整えた部屋を見ても心は晴れない。

（だめだ、ため息ばっかりこぼしてたら、せっかく綺麗にした部屋の空気がよどんじゃう）

以前、和音に清掃を教えてくれた先輩が『部屋には、チリはもちろん、ため息一つ残さないこと！』と言っていたのを思い出し、和音は慌ててため息をのみ込んで掃除機をカートに戻した。暗い気持ちで掃除をしてしまったことが心苦しくて、カートに積まれたタオルを一枚手に取る。

器用に折りたたんで作ったのは、羽を広げた白鳥を思わせるタオルアートだった。

普段から清掃が終わった客室には必ず一つ置いているけれど、今日はため息を残してしまったお詫《わ》びもかねて、さらにもう一つ作り、夫婦の白鳥をベッドサイドに置いてみた。

「これでよし」

思わず独り言がこぼれるくらい生き生きとできた白鳥にようやく心が軽くなり、和音はほっと胸をなで下ろす。

「すごいな、器用なんだね」

しかしそれもつかの間、突然背後からかけられた声に、和音は思わず悲鳴を上げかけた。

「ごめん、驚かせちゃったかな？」

振り返ると、そこにいたのはクロで、ごめんと言いつつ悪びれる様子はない。

「どっ、どうしてここに？」

「もちろん、和音に会いたかったからだよ」

そう言われ、不意打ちで頬にキスまでされて、和音は放心しかけるが、職場にいるという緊張感のおかげか昨夜よりは短時間で自分を取り戻す。

「そういうことじゃなくて、どうやって入ったんですか？」

「人の姿で普通に歩いてきた。毛を落としたら和音の手を煩わせるし」

いいながら、クロは我が物顔で部屋の中を歩き回る。

「和音は本当に仕事が丁寧だな。埃《ほこり》一つないし、ベッドメイクも完璧だ」

その褒め言葉にはつい嬉しくなるが、今は喜んでいる場合ではない。

和音は意を決してクロの腕を摑んだ。

「和音から触ってくれるの、久々だね。でもどうせなら、頭を撫でて欲しいな。猫のときにしてもらってすごく気持ちよかったから」

「と、とにかく出て行ってください」

「今来たばかりなのに」

「私は、仕事中なんです……！」

従業員以外の人がここにいるのは、セキュリティ上、さすがにまずい。しかし和音の焦《あせ》りはクロには伝わっていないようだ。

「でも、もうちょっとだけ二人でいたいな」

「だっ、だめです……！」

その状況は色々な意味でまずい。いや、まずいどころではないと思いつつ、つい大きな声を出してしまう。すると、クロはしゅんとした顔でうつむいた。その様子は、あの黒猫のクロにそっくりで、一瞬だけれど、もしかしたら彼の言葉は本当なんじゃないかと和音は思いかけてしまった。

（いや……でも今は、そんなこと考えてる場合じゃない）

猫が人になるなんてあり得ないと頭を振り、目の前の男はただの猫耳変質者だと胸のうちで繰り返しながら、彼を見上げた。

「ん？　キスが欲しいのかな？」

「な、なんでキスなんですか……」

「だって、俺のことじっと見つめてるから」

言うやいなやもう一度頬にキスをされ、和音は放心する。

一方クロはそれをどこか楽しげな顔で見つめていた。

(いやだめだ、呆けてる場合じゃない……)

クロの笑顔を見て和音は我に返り、今度こそ彼を部屋の外に出さねばと腕を引く。

だが、そのまま入り口の方へ向かうと、見覚えのないスーツ姿の男が一人、部屋の外で仁王立ちしていた。

「何をしているんですか、こんな場所で!」

低い怒声に、和音が小さく悲鳴を上げる。

恐れていた事態にすくみ上がりつつも、何か弁解せねばと必死に考える。だが、やはり肝心なときに和音の声は出てこない。

するとそのとき、クロが和音をかばうように前に進み出た。

「そう怒るなよ。これも視察だよ視察」

「視察を口実にサボっていただけでしょう! 兄さ……じゃなくてCEOが急にいなくなったせいで、こちらは大混乱ですよ!」

男性が怒りを露《あらわ》にする一方、クロは笑顔を崩すこともなく、それをいなしている。

そしてそんな二人の間には、ある種の親しさのようなものが感じられ、和音はさらに混乱した。

「今日は、客室ではなくレストランを視察するはずでしょう! 新しいシェフの腕を確かめたいと無理を言ってスケジュールを空けさせたのはあなたでしょうに！」

「あれ、そんなこと言ったっけ？」

ひょうひょうとした態度で男の怒りをかわすクロ。その様子をはらはらと見守っているうちに、和音はふとあることに気がついた。

（この人、さっきクロのこと『ＣＥＯ』って呼んだ？）

和音が状況判断に手間取っているうちに進んでいく二人の会話を聞く限り、男はクロの秘書のようだった。

「ともかく、自分で視察をすると言ったからには、仕事はちゃんとしてもらいます！」

「トラ、そんなにカリカリしてるとハゲちゃうよ？」

「俺の頭皮が心配なら、困らせることはしないでください！　最近、そうやってのらりくらりかわすばかりで、ちっとも仕事をしてくれないじゃないですか」

そう言ってため息を吐いたところで、男はようやくクロの後ろで様子を窺う和音の存在に気づいたようだった。

「……ところで、彼女は兄さんの新しいお相手ですか？」

「新しい相手っていうより、運命の相手かな」

（う、運命……!?）

あまりにさらりと言い放つクロに、和音は啞然《あぜん》としてしまう。

そんな和音に、クロに食ってかかっていた男が同情にも似た視線を向けてくる。

「そうやって、女性を誤解させるようなことを言うのはやめてくださいと何度言えば……。あなたの何気ない言葉で、何人の女性が泣いたと思っているんですか？」

「彼女は他の人とは違うよ。泣かせるつもりはないし、本当に特別だから」

そう言って抱き寄せられて、和音は思わずドキッとする。

けれど背中に回された腕の力はさほど強くなく、嫌悪感はない。普段なら、異性の身体が少し触れただけで嫌な気持ちになるのにと、不思議に思うほどだ。

「ということで、今夜も彼女と過ごすからトラは邪魔しないでね」

「別に邪魔するつもりはありませんが、仕事が……」

「レストランの視察はちゃんとするからさ」

どうせ今は和音も仕事中だしねと、耳元で囁かれたことではっとして、和音はぎこちなく彼の腕から逃れる。

するとクロはどこか楽しげに微笑み、慣れた手つきで胸ポケットから名刺入れを取り出した。

「和音、もし寂しくなったら電話して。あ、これは仕事用の携帯番号だから、プライベート用の方を書いとくね」

背後で「いい加減にしてください!!」と怒鳴《どな》る男の声がしたが、クロはそれを無視して名刺の端にスマホの番号を書き、和音の手に握らせる。

「秘書がうるさいからそろそろ行くよ。それじゃあ、またあとでね」

名刺を握らせた手の甲にキスを落とし、クロは和音から離れた。

彼は「バイバイ」とでも言うように手を振ると、そのまま部屋を出て行き、男もまた何やら憤慨《ふんがい》しながらその後を追う。

「……え？」

残された和音は呆けた声をこぼし、残された名刺を見つめた。

(これもまた、妖怪の話みたいに彼の妄想……？　でも……)

『猫羽黒《くろ》』と書かれた名刺は消えることもないし、冗談で作られたものにも見えない。

(猫羽って、まさか猫羽リゾートの猫羽……？　いやでも、そんなはずないよね……)

そう思いつつもどうしても名前が引っかかり、結局和音は仕事を終えたあと、自身のスマホで名刺の名前を検索する。

「……えええっ!?」

普段物静かな和音らしからぬ声に、周りにいた木村たちが驚くが、そんなことを気にする余裕はない。

スマホの画面には、クロの写真が、猫羽リゾートＣＥＯとして大量に並んでいた。

＊＊＊

猫羽黒。猫羽リゾートの五代目ＣＥＯ。三十四歳、独身。

好きな食べ物は林檎《りんご》。

いったいどこで調べたのかと思いたくなる個人情報と共に、クロの爽やかな笑顔が並ぶまとめサイトの写真を見ながら、和音はもうかれこれ二十分ほど、ロッカールームのベンチに座ったまま動けずにいた。

（これって、本人てことよね……？）

画面に次々出てくるＣＥＯの写真とクロは同一人物としか思えない。

（二十代後半に見えたけど、三十四歳だったたんだ……）

などというありきたりな感想をうっかり思い浮かべてから、もっと他に考えることがあるだろうとさらに写真を凝視《ぎょうし》する。

（でもウィキペディアにまで載ってる人が妖怪なんて、そんなこと本当にあり得るのかな？）

中を見るのが怖くてウィキペディアの方は開いていないが、猫羽黒の名前を検索すれば、『今話題のイケメンＣＥＯ』『現代のホテル王』などの見出しと共に、彼に関する記事が次々と出てくる。

ビジネス誌はもちろん、女性誌やゴシップ誌が運営するサイトの記事も多く、その中でも有名モデルと並んでいる写真を見たときは驚いた。

（でももし本当にクロがＣＥＯだとしたら、モテない方がおかしいよね……）

ホテル王とまで呼ばれるお金持ちで、何よりあのルックスであれば異性に人気がない方がおかしい。

「あれ、和音ちゃんまだ帰ってなかったの？」

そのとき、着替えを終えた木村とフェイが和音に声をかけてきた。

「もしかして……ストーカー……いますか？」

心配そうに尋ねてきたのはフェイで、和音は慌てて首を振る。

「怖いなら、私と一緒に帰る？」

黙り込む和音を見て、木村も優しく声をかけてくれる。

その言葉に甘えたいと一瞬思ったが、『またあとで』と笑っていたクロを思い出し、和音は大丈夫だと断りを入れた。

もし木村たちと一緒に帰宅している途中でクロに遭遇することがあれば、彼のファンだという木村はきっと和音との関係を問いただしてくるだろう。

そうなればうまくごまかせる気がしないし、かといって「彼は先日私が拾った黒猫みたいなんです」などと正直に言っても信じてもらえるはずがなく、そのせいで木村に変な目で見られるのは嫌だった。

「えっと、今日はこのあと友人と会うので……」

「あっ、それなら安心ね！」

そう言って笑顔を向けてくれる木村とフェイを騙すのは心苦しかったけれど、その場は何とか乗り切った。

和音は木村たちを見送ると、わざとゆっくり着替えてから、ホテルをあとにする。

まだ早い時間だったが、外はすっかり暗くなっていて、辺りに人気《ひとけ》はなかった。

このホテルから駅やテーマパークまではバスを使う人が多いので、周辺の道は、利用する人が意外と少ないのだ。

誰かにつけられていないかしっかり確認し、早足で駅までの道を進む。

遠くから聞こえてくるテーマパークの楽しげなＢＧＭに意識を集中し、周囲を警戒しながら歩いていると、いつもよりもだいぶ短い時間で駅に着いた。

何事もなかったことにほっとするのと同時に、ストーカーというのは木村の見間違いじゃないかと、和音はつい楽観的に考えてしまう。

だがそのとき、何者かが和音の手をぎゅっと摑んだ。

「つかまえた」

耳元で囁かれた声に悲鳴を上げかけた瞬間、身体をくるりと反転させられる。

「……あっ」

安堵の息がこぼれたのは、そこにいたのがクロだったからだ。

向けられた微笑みに身体から余計な力が抜けていく。けれど、よくよく考えたら、彼だって決して安心できる相手ではない。

むしろたちの悪さはストーカー以上かもしれないと思いつつ、必死に気持ちを引き締めようとしていると、クロは怪訝そうに首を傾げた。

「何か怖いことでもあった？」

「……どうして……」

クロの質問に和音は驚く。ストーカーへの怯えも、クロに会って安堵したことも、顔には出ていないと思っていたからだ。

「うーん、勘かな。でも俺の勘って結構当たるんだよ。何かあったなら、教えて」

質問を重ねる彼は自分の勘に自信を持っているようで、和音が答えるのを静かに待っている。

答えを急《せ》かすこともなく、なだめるように和音の頭を撫でてくれる彼の手つきは優しくて、ゆっくりとだが言葉を返すことができた。

「……ストーカーかと思って、驚いてしまって」

和音の言葉に、クロは僅かに目を見開き、少しばつが悪そうな顔をした。

「そのストーカーって、和音の同僚たちが話してた奴？」

「知ってるんですか？」

「うん、和音のことが知りたくて同僚たちの話をちょっと盗み聞きしたからね」

それこそストーカーのようだなと考えたところで、和音はクロの表情の理由を察する。

「あの、もしかして……」

「和音のことが知りたくて、ストーカーまがいのことをしたのは否定できないかも」

「じゃあ、私の後をつけてたっていうのは……」

「俺だね。あの木村っておばさんに見つかった後は、猫の目を借りてたんだけど…」

猫の目とはどういう意味かと思っていると、クロが詫びるように目を伏せた。

「和音には色々説明しないといけないこともあるし、ちょっとついてきてくれる？　車も待たせてあるから」

そう言いながらクロが軽く手を挙げると、黒塗《くろぬ》りの高級車が二人の側に静かに停まる。

(車種はわからないけれど、こういうシーン小説でよく見るなぁ……)

「さあ、どうぞ」

慣れた様子で扉を開け、頭をぶつけないよう手まで添えてくれるクロは恋愛小説のヒーローそのものだ。

しかしその実態は猫耳カチューシャのおかしな人……となけなしの警戒心を出してみるが、運転席には昼にホテルで会ったトラと呼ばれた男性もいて、彼にまで「どうぞ」と言われてしまう。

「……変なこと、しませんか？」

「するなら、昼の段階で押し倒してるよ」

あっけらかんと言われると、確かにそのとおりかもしれないと言う気がしてきて、和音は警戒しながらも車に乗り込んだ。

さすがに酒瓶が並ぶような広さの車ではないけれど、窓はばっちりスモークフィルムが貼られてあるし、高級感のある革張りの後部座席はどこか非現実的だった。

「トラ、出して」

和音に続き車に乗り込んだクロの言葉に、トラがちらりと和音を見た。

彼にあいさつをすべきかどうか迷っていると、隣に座るクロがどこかおかしそうな笑みをこぼす。

「トラは俺の弟で秘書だから気を遣う必要はないよ。普段は運転手まではさせないけど、外に漏《も》らせない会話をするときはお願いしてる」

「……まあ、体《てい》のいい小間使いですよ」

そんな皮肉を口にしつつも、和音に対して不信感があるわけではなさそうだった。

むしろバックミラー越しに目が合った彼は、昼間よりも親しげに和音を見つめていた。

「見つめ合うのは俺とにしない？」

拗ねたように手をぎゅっと握られて、和音は慌ててクロの方を向く。

トラと目が合ったときは何も感じなかったのに、クロにじっと見つめられるとなんだか落ち着かない気持ちになり、和音は急いで話題を変えた。

「あの、お話があるんですよね……」

「うん、俺のことちゃんと話しておいた方がいいかなって思って。和音、色々誤解してそうだし」

そう言って笑うと、クロは突然スーツを脱ぎ始めた。

「なっ、なんでいきなり服を脱ぐんですか！」

「なんでって、和音には俺のすべてを知ってもらうために」

服を脱いで何を知ってもらうつもりなのだと心の中で突っ込みながら、和音は昨晩のことを思い出す。

(いやでもまさか、いきなり車の中でそんなこと始めたりしないよね……)

恋愛小説の主人公たちだって、車内で愛を深めるのはもっと関係が進んでからだしと、混乱のあまり考えが明後日の方に飛んでいる和音の頭に、クロがスーツの上着をぽんとのせた。

「あっ、全部脱ぐわけじゃないから安心して。ただ、身動きがとりづらいと色々しにくいから、それだけ持っててくれる？　あと、ほんのちょっとだけ向こうを向いててくれると嬉しいな？」

にこやかに言ってネクタイを外し始めるクロから目を逸らし、和音は窓の方へと身体を向けた。

気を紛らわせようと景色に目を向けると、車は首都高に乗り、お台場の方へと向かっているようだが、ベイサイドの景色を楽しむ余裕は今の和音にはない。

『よし、いいよ』

しばらくして、クロから声がかかったが、和音は振り向くことができないでいた。

衣擦れの音から察するに彼は絶対に服を脱いでいるし、ただでさえ異性は苦手なのに、全裸の男性と正面から向き合うなんて無理だ。

（本当に、私、なんでうっかり車に乗っちゃったんだろう）

そんなことを考えながらクロから預かったジャケットをぎゅっと胸元で握りしめていると、「にゃー」とかわいらしい声がした。

（この声……！）

その鳴き方は猫のクロそっくりで、和音は反射的に振り向いた。

「えっ……」

そして和音は固まった。先ほどまで人間のクロがいた場所に、猫のクロがちょこんと座っていたからだ。けれど驚きは、そこで終わらない。

『和音は、こっちの姿の方が好きかな？』

猫の口からはクロの声がこぼれ、和音は驚きのあまり呼吸すら忘れる。

『和音すごいね、たぶん相当びっくりしてるんだろうけど、こういうときもあんまり表情変わらないんだ』

そう言いながら、クロは先ほど自分が脱いだジャケットを飛び越して和音の膝の上に座る。

その重さは成人男性のものでなく猫のもので、和音の身体は勝手に懐かしさを覚えてしまう。

「……クロ……なんですか」

『そうだよ』

「じゃああの、本当に妖怪……なんですか？」

『正確には、妖怪の血がちょっと入った人間……だけどね』

その上CEOなのかと思うとなんだかひどく混乱する。

一方クロは器用に身体を伸ばし、運転席にいるトラの方へと身を乗り出した。

『トラ、名刺出して』

「どうぞ」

運転席のトラから何かを口で受け取り、クロはそれを和音の膝の上にポトリと落とす。

『昼間も渡したけど、これが俺の名刺ね』

「CEOって書いてある……」

『これが本職なんだ』

胸を張りながら言うが、猫の姿なのでCEO感はまるでない。

(どう見ても猫……よね)

『俺、そんなにCEOっぽくない？』

「……えっと」

『やっぱり猫耳のせいかな？』

「いや、問題は猫耳ではなく兄さんのキャラのせいだと思いますけど」

運転席から聞こえてきた声に、和音は確かにそれもあるかも、と納得する。

同時に運転席のトラが顔色一つ変えず猫のクロと会話しているところを見て、これは現実なのだという実感が湧いてきた。

「じゃあ昨日の話は全部本当なんですね。妖怪だったことも、私を妖術で助けてくれたことも……」

『嘘じゃないよ。それをすぐ証明できればよかったんだけど、体調があまりよくなかったからうまく変身する自信がなかったんだ。それにこの姿はかっこよくはないし、できたら見せたくないなって思って』

けれどそれでは信じてもらえないと思い、わざわざ人目につかない車内で披露《ひろう》したのだと言う。

その話が本当なら、彼に申し訳ないことをした。

しかし謝罪の言葉を告げるより早く、クロは和音をなだめるように、小さな頭を彼女の腕にこすりつけた。

『けど、こんなに近くに寄っても嫌がられないなら、もっと早くに猫になるべきだったな』

そんな冗談と共に喉を鳴らされると、相手が自分の会社のCEOだとわかっていても、なで回したい衝動《しょうどう》に駆られてしまう。

それを必死に堪《こら》えていると、クロは和音の気持ちを読んだかのように、膝の上でごろんとお腹を見せた。

『もし和音が嫌じゃないなら、前みたいに撫でてくれない？』

そんな言葉をかわいらしい顔で言われると辛抱《しんぼう》できず、和音は艶やかな毛並みに手を這《は》わせた。

途端に二人で暮らしていたときのことが懐かしく思い出されて、無性に胸の奥がきゅっと締め付けられる。

猫のクロがいなくなったことは、和音が思うよりずっと、胸の奥でしこりになっていたのだ。でも彼は生きていて、その上自分のところに帰ってきてくれたのだとわかり、ひどく安心した。

クロも和音に撫でられるのが好きなようで、撫でて欲しい場所を示すように体勢を変えつつゴロゴロと喉を鳴らす。

それがまたかわいくてついつい夢中で撫でていると、運転席の方から小さな咳払《せきばら》いが聞こえた。

「そういうイチャイチャは、二人きりになったときにやっていただけますか？」

イチャイチャと指摘され、和音ははっと腕を止める。

『ただの軽いスキンシップだよ。これくらいの触れ合い、目くじらを立てるほどでもないだろう？』

クロの言葉に、和音はネットで見たゴシップ記事のことを思い出す。

（プレイボーイって書かれてたし、こうやってお腹を撫でさせることもよくあるのかしら……）

甘えるのが自分だけじゃないとわかるとなんだか少し寂しい気持ちになり、和音はクロからゆっくりと手を離す。

けれど遠ざかっていく手に、クロが慌てたように頭をこすりつけてきた。

『でも和音は命の恩人だし、俺にとっては特別な人だから、もっと親密な触れ合いもしたいと思ってるよ』

「えっ？」

「は？」

トラと和音の驚く声が重なると、クロは不満そうに目を細めた。

『なんで二人ともそんなに驚いているのかな？　命の恩人には永遠の感謝と奉仕をするのが妖怪の義務だ。だから俺の命も身体も、和音にすべて捧げるって決めてる』

身体という言葉を聞いた瞬間、和音は昨晩の行為を思い出し、恥じらいに頬を染めた。

同時に、恩を返すと言っていたあの言葉も嘘ではなかったのだとわかり、和音はさらに動揺し、気まずさから窓の外に視線を逸らす。

直後、膝の上にあったクロの重さがふっと消え、和音が持っていたジャケットが奪われた。それに驚き車内に視線を戻すと、人の姿に戻ったクロがジャケットを膝にのせていた。

どういう仕組みかはわからないが、服はそのままだ。変化といえば和音が撫で回した頭が、わずかに乱れていることくらいだった。

「ってことで、デートしようか」

脈略のなさにぽかんとしていると、クロは助手席に置かれていた鞄《かばん》から一冊の小説を取り出した。

「そ、それって……！」

クロが手にしているのは、和音が最近何度も読み返している、『凄腕ＣＥＯの溺愛宣言！』というタイトルの乙女系小説だった。

「和音、この本好きでよく読んでただろ？　だから俺も勉強のために一冊買ってみた」

あと他にも……とクロは高級そうなビジネスバッグから五冊ほど小説を出すが、どれも和音が繰り返し読んでいるお気に入りの本ばかりだった。

「私の本棚、見たんですか……？」

「猫のときにね。和音に恩返しするときのための、リサーチだよ」

そういえばこの人はストーカーと間違われるくらい、自分につきまとっていたのだったと思い出し、和音は少し複雑な気分になってくる。

（でもそれも、一応私のためではあるのかな）

ただの猫耳の変態だと思っていたときは気持ち悪かったけれど、相手が本物のクロであるならば――そして本物の妖怪であるならば『恩返し』という彼の言葉も少しは信じられる。

「こういうのを好きで読んでるってことは、心のどこかでロマンチックなデートに憧れてるんだろう？　なら、俺は金持ちな上にイケメンのCEOだからちょうどいいかなって」

自分で金持ちのイケメンだと言ってしまうところは残念だけれど、確かに彼の現実離れしたスペックは、小説に出てくる男性のようだ。

でも一方で、高すぎるスペックに和音は気後れしてしまう。

「けどあの、クロ……いえ猫羽さんはお忙しいでしょうし……」

「クロって呼んでよ。俺、和音にはそう呼ばれたい」

蕩けるような笑みを向けてくるクロに、和音は言葉に詰まる。

「それに最近は、業務は弟たちに任せてるから、結構時間には余裕があるんだ」

本当だろうかとトラを窺うと、彼は困ったような笑みを浮かべる。

「確かに、以前よりは余裕がありますね。ありすぎて羽目を外しすぎているきらいもありますが」

「でも今日は、ちゃんと仕事したじゃないか」

「仕事にかこつけて、その方に会いに行っただけでしょう……。あとそうだ、あなたのことは和音さんとお呼びすればよろしいですか？」

「下の名前はだめ」

「なんで兄さんが答えるんですか……」

「だって和音は俺の飼い主だし、お前が名前を呼ぶのはなんだかいやだ」

拗ねたような顔をするクロと、それに呆れるトラ。

そのやりとりは、はたから見ると少し微笑ましい。

「ともかく、和音を名前で呼ぶのは俺だけね。トラは『狭山《さやま》さん』以外は禁止」

繰り返すクロに、トラは渋々と言った様子で頷《うなず》く。

「まあともかく、こんな感じの兄なので狭山さんには苦労をかけると思いますが、よろしくお願いします」

バックミラー越しに会釈《えしゃく》をされ、正直和音は戸惑う。

二人のやりとりから、クロが和音につきまとうことをトラは快く思ってない気がしていたからだ。

そしてそれはクロも同じだったようで、彼は身を乗り出し、運転席のシートに寄りかかる。

「こんなにあっさり認めるなんて、もしかしてトラも和音のこと……」

「なんでそうなるんですか！」

「だってトラ、俺が女の子といるといつも怖い顔してるのに、和音にはデレデレしてる」

「デレデレしてませんし、怖い顔になるのは兄さんの正体が知られたらと気が気でないからです。その点、和音さんなら問題なさそうなので」

「和音はだめ、狭山さんね」

「……はい。あと、言い方は悪いですが和……狭山さんはおとなしそうな方なので、万が一兄さんが何か変なことをやらかしても訴えたりはしなさそうだなと」

「だから、和音はだめだって」

「……兄さんが和音和音って呼ぶからうつるんですよ……！」

　むしろ兄さんの方がよっぽどデレデレしてるじゃないですかとトラは怒るが、クロは何を言われようと自分のペースを崩さない。

（崩さない上に、逆に相手のペースを崩すのがうまい気がする……）

　自分が流されやすいせいで、昨日は彼の言葉と妖術に翻弄《ほんろう》されてしまったのだと思っていたけれど、意志の強そうなトラを軽く転がしているのを見る限り、クロを言いくるめられる人はそうそういない気がした。

「じゃあ、トラも認めてくれたことだし、今夜はデート決定ね」

　和音の理想を全部叶えるからと甘く囁いてくるクロは、見惚れるほど紳士的で、優しい大人の男性だ。

　そんな彼に誘われて、微笑まれて、もうそれだけで小説の中の出来事のようだし、心臓もドキドキしているのに、これ以上なんてとてもではないが耐えられる気がしない。

「いえ、でも私は……」

「そんなに緊張しないで。それに……昨日はもっとドキドキすること、しただろう？」

　そう言われると恥ずかしさで頭が真っ白になり、和音は何も言えなくなってしまうのだった。

＊＊＊

トラの運転する車は湾岸沿いを西にひた走り、到着したのは横浜のみなとみらいだった。

「ほら和音、おいで」

車が停まったのは山手にあるブティックの前で、和音の手を取り車から降りたクロは、半ば強引に彼女を店内へと連れて行く。

「デートと言ったら、やっぱり〝買い物イベント〟は必須だろう？　俺、金持ちキャラだし」

確かに王道かもしれないし、ホテル王とまで呼ばれるクロが金持ちなのも知っているが、ブティックに連れ込まれた和音は、正直緊張と申し訳なさで吐きそうだった。

（ヒロインがこういう場所で緊張するシーンはよく見るけど、これは想像以上かもしれない……）

おしゃれな店内は貸し切り状態で、和音はすぐさま試着室へと通される。

ブティックの店主とクロは懇意であるらしく「この子をかわいくしてあげて」などという言葉に店主はにこやかに対応していたし、和音にあれこれ服を勧めてくる店員たちは皆親切だったけれど、そもそも量販店以外の店でろくに服を買わない和音にとって、過度な接待《せったい》は胃が痛いだけだ。

その上着せられる服の値段は目眩がするほど高額で、試着をせがまれるたび汚してしまわないかと気が気ではなかった。

「うん、それもいいね。かわいい」

けれど、服は必要ないと言おうとするたび、クロがうっとりするほど甘い笑顔と声をかけてくるものだから、そのつど和音の思考は停止し、その間に店員たちが新しい服を見繕ってしまう。

雰囲気を楽しむ余裕もなく、ただただ申し訳ない気持ちばかりが募《つの》っていく。そのうちに、洒落たワンピースを着せられ髪まで軽くアップにされてしまった。

「今夜はその服と髪で行こうか」

クロはもちろんのこと、店員にまで褒《ほ》められながら鏡の前に立てば、確かにそこには別人に見えるほど華やかに変身した自分が立っている。

「どう？　小説のヒロインの気分になれた？」

「……いえ、あの」

「ん？　この服はあまり好きじゃなかった？」

「いえ、すごく素敵です……ただ……」

「ただ？」

「こんな高い服を着るのは初めてだから緊張してしまって……。吐きそうです……」

「大丈夫？」

「あ、いえ、モノの喩《たと》えです。こういうこと、あまりに慣れてないから……その……」

クロに心配をかけたくなくてごまかすが、彼は労《いたわ》るように和音の肩に手を置いた。

「安心して、吐きそうになったら俺が受け止めてあげる」

「……いえ、むしろ避けてください……。その、高そうなスーツは汚せないので」

冗談ではなく、もしものときは本気で避けて欲しいと思うが、クロは笑うばかりで取り合ってくれない。

（うん、これは絶対に吐けない……。いや、吐かない……）

高級ブティックで夢のようなデートをしているさなかだというのに、結局店を出るその瞬間まで、和音が考えていたのはそんなことばかりだった。

「じゃあ、ここからが本番ね」

けれど、吐き気を堪えてようやく最初のイベントをクリアしたのに、クロのデートはそこからが本番らしかった。

「おめかししたら、次は素敵な夜景を見ないと」

「あの、私、まだ緊張で……」

「吐いたら受け止めてあげるから」

「いえ、それだけは勘弁を……」

「俺、和音のものなら何でも受け入れるよ？」

笑顔で言い放つセリフじゃないだろうと思うが、突飛すぎる内容に突っ込む余裕もない。そもそも、平静なときでさえ彼の発言にちゃんと突っ込めたこともないのに、こんな状況でできるわけがないのだ。

「ともかく、いざとなったら胸を貸すから行こう」

そう言ってスマートに腕を取られ、和音は再び車に乗せられる。

連れて行かれたのは、美しくライトアップされた赤レンガ倉庫だった。

駐車場に停まった車から降り、クロにエスコートされながら海沿いの道を歩く。

遠くにベイブリッジを望む眺めは確かに美しく、時折響く船の汽笛《きてき》がロマンチックなムードを醸《かも》し出している。

確かにそれは何度も胸がキュンとした恋愛小説のデートシーンのようで、むしろ想像よりもずっと景色は美しい。

だが何よりも素敵なのは、さりげなく和音の腕を引き、時折こちらを見て微笑むクロの姿だろう。

つい一時間ほど前までは猫耳の変態だと思っていたけれど、改めて見ると仕立てのいいコートを纏い海辺に立つ彼は驚く程絵になっていて、困惑と共に申し訳なさのような感情が湧き上がってきていた。

海を望むデッキには、和音たちの他にもたくさんのカップルがいる。彼らは皆幸せそうに微笑み、特に女性たちは、夜景にも負けない輝くような笑顔を相手に向けていた。

（でも私は、つまらなそうな顔……してるんだろうな）

ブティックでは戸惑いの方が大きかったけれど、今こうして夜景を眺めるのは決して嫌ではない。むしろ和音は昔から海を見るのが好きで、特にこうした港町は大好きだ。

クロが隣にいることには慣れないけれど、時折こちらを窺い『寒くない？』と尋ねてくれる彼の声にドキドキするのは、決して不快ではない。

でもそれが、和音は顔に出ない。そして言葉にもできない。

そんな相手と一緒にいても、きっとクロはつまらないだろう。そう思うと、恩返しとはいえ自分に付き合わせてしまっていることをとても申し訳なく思ってしまうのだ。

「あ、ちょっと待ってて」

そしてやはり、黙りこくった和音に飽《あ》きてしまったのか、クロは少し離れた場所にいる女性二人組の方に歩いていく。

そのまま何やらにこやかに話し始めるクロの姿に、和音は彼がプレイボーイであることを思い出した。

（女の子、好きなんだろうな……）

そういえばキスもうまかったなとうっかりそんなことを思い出してから、和音は慌ててクロから目を逸らし、ベイブリッジに視線を縫い付ける。

クロとのキスを思い出すとすごく恥ずかしくなるし、彼が経験豊富だという事実は、なぜだか和音の心をざわつかせるのだ。

そのままクロを視界に入れないようにして辺りの景色を見渡していると、少し離れたベンチに年輩の男性が座っていることに気がついた。

その男は、どこか苦しそうに胸を押さえてうなだれている。心配になって思わず声をかけようとするが、そこで和音は介抱をきっかけに言い寄られた過去を思い出す。

病院に連れて行っただけなのに好意があると勘違いされ、その男にはつきまとい行為一歩手前のことをされたのだ。

相手にはっきりと気持ちを伝えられる性格ならよかったのだろうけれど、和音が気弱なせいで勘違いをさせてしまったらしい。以来、お節介は控えようと決めたのだ。

けれどいざ目の前で苦しんでいる人がいるとどうしても放っておけない。

誰か別の人が声をかけてくれればと思うが、周りのカップルたちは男に気づいているものの見ないふりをしているようだった。せっかくのデートだから、二人の世界に浸っていたい気持ちもわかる。だから和音は、結局戸惑いながらも男性に近づいた。

「大丈夫ですか？」

勇気を振り絞って声をかけると、男性は首を横に振る。

彼は、手に持っていたペットボトルをおずおずと和音に差し出した。どうやらそれを飲みたいのだが、具合が悪すぎて開けることができないらしい。

それを察した和音は男の横に腰を下ろし、蓋《ふた》を開けたペットボトルを差し出し、彼が飲むのを手伝った。

「ありがとう、助かったよ」

男の言葉にほっとして、和音は念のため病院に行くかと尋ねてみる。男はまた首を横に振り、ぼんやりとした目で和音を眺めた。

酒に酔っているのか、その目はどこか虚《うつ》ろだ。それに嫌な予感を覚えて、和音は「具合が悪いなら人を呼びましょうか」と尋ねる。

「人はいいよ。でももうちょっと、お嬢ちゃんにはここにいてもらいたいな」

その声が不安から来るものだったら、和音はためらわずに頷いただろう。

けれど声と共に向けられた笑みに下卑《げび》たものを感じて、和音は返事に困った。同時に、自分はまた同じ失敗を繰り返してしまったのだと気づき後悔する。

「ちょっと横になりたいから、膝を貸してくれよ」

そう言ってニヤニヤ笑う男に、和音は慌てて立ち上がろうとする。だが男は和音の腕を摑もうと手を伸ばした。

「そこまで動けるなら、問題なさそうだな」

けれど和音の腕を摑んだのは、酔っ払いの男ではなく戻ってきたクロだった。

彼は和音の腕を引き寄せ、自分の背後にそっと誘導する。

その様子に男が不満そうな顔で立ち上がった直後、クロの低い声が静かに響いた。

『和音のことは忘れろ。そして、今すぐ家に帰れ』

「……家に」

『そうだ、今すぐ帰れ。酒ならそこで好きなだけ飲めばいい』

クロの声はいつもとは違う不思議な響きに満ちていて、それを聞いた瞬間、男はフラフラと遠くへ去っていく。

それどころか周りにいたカップルたちも不自然に会話を止めたかと思うと、フラフラとした足取りでデッキから離れていった。

(今のはいったい……)

驚いてクロを見つめると、いつもは茶色い彼の瞳が夜でもわかるほど美しい金色に輝いていた。

「……まずい、ちょっと効果が強すぎた」

金色の瞳を隠すように和音から顔を背けながら、クロは人気《ひとけ》がなくなったデッキを見渡した。

「あの、今の……」

「妖術の一つだよ。ただ、怒り任せに使ったせいでちょっと広範囲に効いてしまったみたいだ」

しばらくして、クロがもう一度和音を見たときには、瞳はいつもの色に戻っていた。

「ごめん、君の側を離れるべきじゃなかった」

「いえ、いまのは……」

自分が悪いのだと言いかけたとき、腕を持ち上げられ、温かいものを握らされる。

「これ、和音が好きそうだと思って買いに行ってたんだ」

そう言って手にのせられたのはチョコレートワインで、和音は目を瞬かせる。

「ちょっと寒そうだったから、さっき女の子たちが飲んでるのを見て、買ってあげたくなって……」

和音といるのがつまらなくなって離れたのではなかったのかと思い、ほっとする。

「ごめんなさい、そうとは知らず私……」

「なんで和音が謝るんだ？」

「だって……」

不用心に男に声をかけるとどうなるかわかっていたのに、結局和音は危ない目に遭ってしまった。

クロが助けてくれなければ面倒なことになっていたのは明白で、自分の軽率さが嫌になる。

「和音は具合の悪そうなあの人を助けようとしただけだろう？　それは謝ることじゃないし、むしろ誇るべきことだ」

クロは、善い行いをした子どもを褒めるように和音の頭を撫でる。

「悪いのは恩を仇《あだ》で返そうとしたあの男だよ。周りが見て見ぬふりしてた中、心配して声をかけるなんてさすが俺の和音だ」

　よしよしと声までつけて頭を撫でられると、なんだか泣きたいような気持ちになってくる。

（こんなこと言ってくれたの、クロが初めてだ……）

　これまで、面倒事に巻き込まれても、変態につきまとわれても「君の方に責任があるんじゃないのか」と逆に責められることばかりだった。だからどんなときでも、自分の中に原因を探し、落ち込むばかりだった。

「和音が悪いのは、運だな。さっきも普通なら感謝されるところだし。一度お祓《はら》いに行ってみた方がいいかも」

　そんな冗談にすら、和音の胸はぎゅっと締め付けられる。もしかしたら自分は誰かにこうやって慰めて欲しかったのかもしれないと、クロの言葉を聞いてふと思った。

「確かに運はよくないかもしれません……。こういう目に遭ってばかりいるし……」

「なら、一瞬でも目を離すんじゃなかったな」

「でもこれ、買ってきてくれたんですよね」

「うん。でも、振り返ったら君が男に近づくのが見えて……。あのときすぐ、駆け出していればよかったよ」

「クロは急いできてくれましたよ。おかげで何事もなかったですし」

　だから気にしないでくださいと告げ、「せっかくなのでいただいてもいいですか」とワインを持ち上げる。

「君の口に合うといいんだけど」

温かい笑顔に釣られてワインを一口飲むと、甘い香りとアルコールが広がり、恐怖と緊張で硬くなっていた身体がほぐれていくようだった。

「おいしいです」

今まで飲んだ飲み物の中で一番おいしいとさえ思ったけれど、クロに向けた表情はやっぱりぎこちないものになっているだろう。

けれど彼は、心から嬉しそうな顔を和音に向けてくれる。

「その笑顔が見たかったんだ」

笑顔にはほど遠い、つまらなそうな表情になってしまっているはずなのに、和音が笑いたいと思っていることをクロはくみとってくれる。

それがなんだか嬉しくて幸せで、これがデートというものなのかと和音は実感した。

改めて礼を言おうとしたとき、クロの表情が僅かに強ばった気がした。

「クロ?」

そっと彼の袖《そで》を引くと、和音が彼の不調を察したことに驚いたのか、彼は目を見開く。

「ごめん、大丈夫だから」

「でも、顔色が……」

何かがおかしいと気づいて、和音はクロの顔をよく見ようと背伸びをする。するとクロは困ったように和音から顔を背けた。

「ごめん、さっき派手に力を使ったせいで……」

「じゃあ、どこかで休みましょう」

「……でもディナーの予約が」

「そんな場合じゃないでしょう」

「そんな場合だよ。今日は和音の完璧な彼氏として、エスコートする日なのに」

「そもそもそれ、クロが勝手に決めただけじゃないですか……」

呆れながら告げて、とりあえずトラが待つ車に戻ろうと、和音の方からクロの手を握って歩き出す。

「それに、素敵な思いなら、もう十分すぎるほどさせてもらいましたから」

「これで十分だなんて、和音は欲がないね」

「そんなことないです」

一生分くらいドキドキしたし、素敵なデートだったと言うと、彼は小さく笑った。

「でも俺はまだ物足りないから、次はもっとすごいデートしようね」

次があるのかと面食らいつつ、「約束だよ」と繰り返された弱々しい声につられるように、和音は小さく頷いた。

＊＊＊

具合の悪いクロの指示で向かったのは、横浜にある、猫羽リゾートが経営する中でも最高級のホテルだった。

「少し横になれば治るから」とクロが選んだ部屋はエグゼクティブスイートで、和音はその広さと豪華さにクラクラしてしまう。

こんなところでゆっくり休めるのかと庶民の和音は思うが、クロと彼を心配してついてきたトラはまったくためらうことなく、ソファに腰を下ろした。どうやら、彼はこの部屋を使い慣れているらしい。

ソファのクッションを整えながら伸びをするクロを、和音は少し離れたところから眺める。

先ほどよりだいぶマシになった顔色にほっとしつつ、やっぱり足が長いなとまったく関係ないことをぼんやり考えていると、ここまで黙ってクロに肩を貸していたトラが彼の前に立った。今更ながら、彼も長身で見栄《みば》えがいいなと感心していると、トラの整った顔が鬼の形相《ぎょうそう》へと変わる。

「まったく、体調がよくないというのに力を使って……！　往来《おうらい》で変身したらどうするつもりだったんですか！」

「大げさだよ。少し身体が重いくらいだし、どうってことない」

「その過信が命取りなんですよ。妖怪であることが世間にばれたらどうするつもりです」

「ばれないよ。そもそも誰も信じない。何かあってもお金でもみ消せるし」

「だからといって好き勝手しないでください！」

そう言ってトラは肩を怒らせるが、クロは笑顔のままで、反省している様子はない。

「ともかく兄さんは今夜くらいはおとなしくしていてください。それと、もしつらいようなら『静香《しずか》』を呼びますので」

「静香は呼ぶな」

途端に、今まで余裕の表情だったクロに動揺が走る。

「でも体調が悪いなら、彼女についていてもらった方がいいんじゃないですか？」

「……あいつは心配性だし、迷惑はかけたくない」

どこか必死な声に、クロが『静香』と呼び捨てにする女性のことが気になってしまう。

（ずいぶん親しそうだけど、もしかして恋人、なのかしら……）

でもそれならなぜ自分とデートなどしたのだろうか、と思ったところで、彼が『恩返しだ』と言っていたのを思い出す。そして彼のトラへの言葉から察するに　和音のことはその静香という女性には秘密なのだろう。

「ともかく静香だけは呼ぶな、わかったな」

「だったら今日はこの部屋から出ないこと、いいですね！」

トラの言葉にクロは渋々といった顔で頷く。だがそれだけでは不安なのか、トラは申し訳なさそうな顔で和音の方へやってきた。

「ご迷惑をおかけしますが、兄がここを出ないように見ていていただけますか？　自分は仕事があって一度本社に帰らないといけないので」

「わ、わかりました」

「それでは、よろしくお願いします」

深々と頭を下げると、トラは足早に部屋を出て行った。

「和音、こっちにおいで。くつろぎなよ」

ソファでぐったりしているクロの代わりにトラを見送ると、彼がそんなふうに声をかけてきた。

そうは言うが、あまりに広すぎるこの部屋のどこでどうくつろげばいいかわからない。喉が渇いたので何か飲みたいが、バーに置かれた飲み物はお金がかかりそうで、それをいただくのも気が引けたし、和音は結局悩んだ末に、クロが座る三人掛けのソファの隅っこにちょこんと腰を下ろした。

「もっと近くにくればいいのに」

「でも、横になるかと思って」

「そこまでの不調じゃないから大丈夫だよ」

先ほどより血色のよくなった顔に微笑みをのせて、クロはジャケットを脱ぎ、ネクタイを外す。それから大きく伸びをして、身体をソファに沈み込ませた。

その姿は和音のベッドの上で伸びていた猫のクロに似ているようにも思え、なんだか微笑ましい気持ちになる。

するとクロがふいに和音の服の袖を引っ張った。

「……ねえ、和音は怖くない？」

「怖い？」

「俺が妖怪だって信じてくれたんでしょ？」

頷くと、クロは摑んでいた和音の服の袖から指を離した。

「不気味だとか思ってない？　変な力まであるし、気持ち悪いなとか」

「いえ、そういう気持ちは、全然」

「じゃあ、どういう気持ちならある？」

そう言ってじっと見つめられると返答に困るが、なんとなく、ここで黙ったらいけない気がして、和音は必死に声を絞り出した。

「今一番感じてるのは、心配……です。身体、大丈夫なのかなって」

「もう少ししたら、デートを再開できるくらいには回復するよ」

「だめです。トラさんが今日はここにいろって……」

「いいの？　だとしたら、ホテルで妖怪と二人きりだよ」

「確かに少し緊張はするけど、クロの身体の方が大事ですから……」

仕事でスイートルームの掃除はしているけれど、掃除用具がないと落ち着かないと素直に告げれば、クロはおかしそうに笑う。

「てっきり俺と二人きりでいることに緊張してくれてるのかと思ってたよ」

「た、確かにクロはかっこいいから見ていると緊張します。でもなるべく視界に入れないようにすれば、大丈夫なので」

「何それ、俺のこともっと見てよ」

「む、無理です……」

「和音がじっと見つめてくれたら、身体もよくなる気がするんだけどな」

にっこり笑うと、クロは和音との距離を詰め、肩を抱き寄せる。

突然のことに、身体を硬くしながらクロの顔を見上げると、彼は穏やかな表情でこちらを見下ろしていた。

「すごい、本当に気分がよくなってきた」

「そんなはずは……」

「あるよ。猫のときだって、和音に毎日撫でてもらってたから、いつもより早く人間に戻れたんだし」

クロの顔は嘘を言っているようには見えないが、自分にそんな特別な力があるとは思えない。

「もうちょっと、いい？」

だがクロは和音が特別だと思い込んでいるらしく、突然和音を抱き上げると、自分の膝の上にのせてしまう。

「あ、あのっ……」

「少し、ぎゅっとしてもいい？」

「で、でも……」

「お願い、少しだけ」

甘い声に抗えなくて、和音は仕方なくクロの膝の上から落ちないように彼のシャツをぎゅっと摑んだ。

「なんだか、前と逆だね。猫のときは俺が膝の上だったのに」

「そういえば、猫のときにいつものってましたけど、膝の上が好きなんですか？」

「和音限定でね。膝の上にいると、君のことをよく観察できるし」

その言葉に、和音はクロが和音の愛読書を何冊も持っていたことを思い出す。確かにどの本も膝の上にクロをのせながら読んだ気がするし、彼の言っていることは本当なのだろう。

彼に私生活をすべて見られていたのが恥ずかしくて、和音は真っ赤になって黙り込む。しかしそのまま沈黙しているのも気まずくて、和音は懸命《けんめい》に話題を探した。

「そういえば、こんなふうに具合が悪くなること、よくあるんですか？」

「軽い発作《ほっさ》は毎日必ずあるかな。俺は妖怪の力が強すぎるらしくて、ひどいときは姿も変わってしまって……」

和音に拾われたのもそのときだよと、クロは苦笑する。

「治療することはできないんですか？」

「力を鎮《しず》めてくれる医者のような人はいるけど、力を失くしたり、完全に抑えたりといった治療は無理だって言われた。おかげで近頃じゃろくに仕事もできなくてね」

クロの声は諦めと悲しみを帯びていて、和音も不憫《ふびん》に思うが、かける言葉が見つからない。

（きっと、妖怪の力を持つってつらいことなんだろうな……）

ただの人間として生きてきた和音には、彼の苦労は推し量れない。

（それでも、気の利いたセリフの一つでも言って、彼の気持ちを少しでも楽にできればいいのに）

それすらできない自分を不甲斐《ふがい》なく思っていると、和音の頬にクロがそっと指で触れてきた。

「そんな顔しないで。俺は君の苦しそうな顔は見たくない」

クロの指摘に、和音は少し驚く。和音自身もわかっていることだが、和音は表情がほとんど変わらない。今も顔に張り付いているのは感情の見えない表情のはずだ。だが、彼はその裏に潜《ひそ》む和音の気持ちを察している様子である。

「私、顔に出てました？」

「出てた……というほどではないけどね。でも俺にはわかるよ、猫のときからずっと見てたし」

　得意そうに微笑むと、クロは和音の頬を優しく撫でる。

「正直最初は、猫にまで無愛想な変わった子だと思ってた」

「結構、デレデレしてたつもりなんですけどね……」

「うん、それはすぐにわかったよ。ほんのちょっとだけ眉が動いたり、目を見開いたり、ものすごくささやかだけど変化はあるんだって気づいた」

　クロは声を弾ませながら、和音の鼻をちょんとつつく。

　それにびっくりすると、クロは楽しそうに目を細め「今は驚いてたでしょ？」と笑う。

「小さくても変化があるってわかったら、なんだか目が離せなくなってたんだ。もっと色々な表情が見たくて、柄にもなく猫みたいに甘えてた」

　そう言ってじっと見つめられると胸がドキドキして、いたたまれない気持ちになる。

　そしてクロはその言葉通り、和音の戸惑う顔を見て楽しんでいるように思えた。

「だから今日も、君のためと言いつつ本当は俺がデートしたかったんだ。猫のときはあまり喜ばせてあげられなかったけど、人の身体でならできるかなって」

「それなら成功ですよ。私、楽しかったです」

「本当？　ブティックでは死にそうな顔してたけど」

「確かに、あそこはすごく緊張しました」

　でも夜景を眺めたり、ワインをもらったことは嬉しかった。何よりも和音のピンチを救ってくれたのも、彼女を責めなかったのもクロが初めてで、『和音は悪くない』と言ってくれたことを思い出すと泣きそうにもなる。

「あがり症だから緊張してばかりだったけど、クロと過ごせて楽しかったです」

「何か、デートはこれで終わりみたいな言い方だね」

「だってもう今日はこのまま休むでしょう？　それにデートは恋人と行くものだから、なんだか申し訳なくて……」

「……和音は本当に純粋なんだね。そこがまたいいとこだけど、恋人じゃなくてもデートはするし、それ以上も普通にするよ」

そういえば彼はプレイボーイと言われているのだったと思い出すが、それでも静香という恋人がいるなら、恩返しとはいえ、これ以上自分と一緒にいるのもよくないのではないかと思わずにはいられない。

そんな戸惑いを察したのか、クロはまるで逃がさないとばかりに和音を抱き寄せる。

「俺には君が必要だ。こうして君に触れていると身体がすごく楽だし、一緒にいれば発作も起きない気がする」

「でも私、何もしていません」

「それでいいんだ。ただ側にいて、触れてくれればそれでいい」

そう告げる声は先ほどまでなかった熱を帯びていて、和音はドキリとする。

「でもそういうのは、恋人の方と……」

「え？　俺は今フリーだよ。こんな身体だから、一晩以上の関係は作れないし……」

　告げる声はどこか寂しそうで、和音はそれ以上何も言うことができない。

「……近頃は仕事もろくにできなくて困ってたんだ。サボる口実にはなるけど、倒れてばかりだと実際色々支障が出てね」

　だから……とクロはそっと和音の耳元に唇を近づける。

「俺は和音の側にいたいんだ。恩返しと言いつつ俺の方が頼ってて情けないけど、その分和音が望むことは何でもするから」

「私は、何も……」

「望んでない割には、昨日エッチな夢見てたくせに」

　クロの微笑みに、和音は「えっ」と戸惑う。

「夢って……どういう……」

「見てたよね？　俺にキスされてエッチな気分になる夢」

　どうして知っているのだと、和音の顔からさっと血の気が引く。

「あ、あれ……夢だったんですか。私てっきり、本当にキスを……」

「さすがに、あそこでいきなり抱くほど屑《くず》じゃないよ。純粋に君の望みが知りたくて素直になる暗示をかけたんだけど、どうも君には術が効きにくいみたいだ。だから少し強めにかけて……。そうしたら今度は術によって意識が飛んじゃったみたいで……」

　和音は自分の願望を話し始める前に気を失ったらしく、夢の中で望みが形になってしまったのだろうと言うクロに、和音は恥ずかしくてたまらなくなる。

(私、あんなことを望んでいたの……?)

「そんな顔しなくても、性的欲求は誰しもがもつもので、全然恥ずかしいことじゃないよ」

「は、恥ずかしいことですよ……。私、夢の中でクロとキスして……」

「何だ、夢うつつに『やめて』って言ってたのはそれ? 喘《あえ》いでたから、てっきりもっとすごいことをしてたのかなと思ったのに」

「き、キスだけ……です」

少なくとも覚えているのはそれだけなので嘘ではない。でもクロは和音の答えが不満なのか、むくれた顔をする。

「もっとすごいこと、望んでくれてると思ったのに」

「いえ……でも、こういうことはその……」

「好きな人としたい……とか?」

ためらいがちに頷くと、クロは少しだけ考え込んだ。

「ねえ、俺のこと嫌い?」

「き、嫌いではないです」

「じゃあ、好き?」

あまりにストレート過ぎる問いかけに、和音は驚きすぎて脳がフリーズしてしまう。

そんな和音の様子をじっと観察した後、クロは「よしわかった」と大きく頷いた。

「本番なしなら、いいかな？」

「……え？」

「挿《い》れなくても、気持ちいいことはたくさんできるし」

「あっ、あの……私の話聞いていました？」

「うん、本番は好きな人としたいんでしょ？　それと、さっきの反応から察するに、俺は和音の好きな人になる可能性、あるよね？」

自信満々に言い切って、クロはにっこり微笑む。

「だから最後まではしない。俺も、和音が俺のことを好きになってから最後までしたいし」

「いや確かにクロのことは嫌いじゃないですけど、そもそも本番じゃなかったらいいとかそういうことではなくてですね……」

この流れはまるでこれから抱き合うようじゃないかと焦っていると、クロが少し呆れたような顔をした。

「和音、ロマンス小説の読み過ぎで忘れてるのかもしれないけど、今は二十一世紀だよ？初めてを死守する気持ちはわかるし、そういうところも素敵だと思うけど、人間は本来、誰かと触れ合わなきゃ生きていけない生き物なんだ。それにこれは性的行為というより、心を元気にするためのもので、罪悪感を覚える必要もないんだよ」

妖怪という前時代的な存在に、現代の性的行為の在り方について滔々《とうとう》と語られ、和音は驚きと戸惑いで硬直する。

「もちろん、世の中には危ない男がたくさんいるから、簡単にそういうことはしちゃだめだ。でも俺は大丈夫。和音のためなら待てるし、怖い思いはさせないし、妖術で痛みも、恥ずかしい気持ちもなくしてあげられるし」

戸惑いで身動きがとれなくなった和音の唇を何度か指で撫でたあと、クロはさらに強く彼女の身体を抱き寄せる。

「そ、そこまでして私としなくても……。妖術を使ってあなたの具合が悪くなっても困りますし……」

確かに和音は二十五歳の女で、人並みに性欲もある。セックスにまったく興味がないと言ったら嘘になるし、実際、そういうホットなシーンが出てくるロマンス小説を楽しんでいる。でもだからといって、ここで流されてしまってはいけない気がして、逃げ出す言い訳を口にしてみるけれど、クロは腕を放す気配がない。

「そうやって心配してくれる和音だから、色々してあげたいんだよ。それにさっきのは、怒りのせいで制御が効かなくなっただけだから、もう失敗もしないよ」

和音の言葉をさらりとかわし、クロは熱を帯びた表情を和音に向けてくる。彼の瞳にじっと見つめられると胸がドキドキして、この場をやり過ごす言葉はもう出てこない。

「和音と触れ合っているだけで、身体がすごく楽になるんだ。だから俺を助けると思って、もっと君に触れさせてくれない？」

甘い声でねだられると、和音は嫌と言えなかった。

それどころか、和音を撫でる手つきはひどく優しくて、それを突き放したいとはもう思えない。

（必要としてくれているのなら、受け入れてもいいのかな……）

下手したら、この先ずっと変質者にしか触れてもらえないかもしれない。なら一度くらい、自分を正しく必要としてくれている相手に身を委ねるのも悪いことではない気がした。

「本当に、私でいいんですか？」

「和音じゃないと駄目なんだ」

柔らかな眼差しを向けられながら断言されると、強ばっていた身体から力が抜けていく。

そのまま、優しく触れるだけのキスに身を委ねていると、彼の言うように、何も不安に思うことはないのだという気がしてきた。

「口、もう少し開けて……、そう……上手だね……」

本や映画でしか知らなかった、舌を絡める深いキスは、想像していたよりずっと激しくて、気持ちがいい。

初めてのことだから、呼吸の仕方さえわからないけれど、息苦しくてもやめたいと思わないほど、和音はクロの舌使いの虜《とりこ》になっていく。

しばらくして、背中に回されたクロの手がワンピースの襟元《えりもと》をすっとなぞった。

「直接、触ってもいい？」

キスの合間に囁かれ、和音は答えに困る。

彼に直に触れて欲しいという欲求は確かにあった。でもそれを認めるのは恥ずかしいし、口にするなんて絶対に無理だ。

「触っても、がっかりするだけです」

「がっかりするか決めるのは俺だし、和音は自分で思っている以上に魅力的だよ」

「でも変質者にしか好かれないくらいで……」

きっと自分の身体はマニアックな人種にしか好かれないのだろうと、和音はずっと思っていた。

一方クロは、プレイボーイと言われるほど男性的な魅力に溢れた人物で、同じくらい魅力的な女性とばかり付き合ってきたに違いない。そんな彼が和音の身体で満足できるわけがない。

「だから、私の裸なんて見ない方がきっと……」

「がっかりなんてしないよ」

もう一度キスをして、クロは明るく笑う。

「普通の人からは好意を向けられたことがないし、きっと女性としての魅力がないんだと思います」

「十分魅力的だよ。それにもし変質者にしかわからない魅力があるのだとしても、猫耳の変態の俺にはばっちり伝わってるから大丈夫」

「もしかして、以前変態って言ったこと、怒ってます……？」

「いや、むしろそのとおりだなって思うよ。実際君のことを知りたくてストーカーまがいのこともしてたし、こういうこともしたくてしょうがなかった」

確かに行動だけ見ればそうだが、彼には和音に恩を返そうという気持ちがあった。

好意を一方的に押しつけて、和音を自分のものにしようとしていた輩《やから》とクロは違う。

今だって、クロの力があれば、強引に服を脱がせて肌に触れることだってできるだろうに、あえて彼は確認してくれた。

これまで言い寄ってきた男性といえば、和音の意思を無視して交際を迫ったり、無理やり関係を持とうと乱暴を働こうとする人ばかりだった。

こうやって自分のことを気遣い、気持ちを確認してくれる男性は初めてで、だからこそ和音は彼が望むなら、受け入れたいと思うのだろう。

「私の肌に触れたら、クロはもっと楽になりますか？」

「うん。それに和音のことも、気持ちよくしてあげられる」

クロの言葉に、和音はためらいつつも頷く。

すると、クロは手慣れた様子でワンピースのホックを外し、背中のファスナーをゆっくりと下ろした。

「寒かったら言って」

「大丈夫です」

　むしろ素肌がクロの目にさらされると、身体は次第に熱くなる。

「嫌だったり、恥ずかしくてつらかったら言って。すぐやめるし、妖術で気持ちを楽にすることもできるから」

「まだ……大丈夫です」

「ありがとう。それなら、続けるよ」

　ワンピースを腰まで引き下ろし、クロは露になった和音の肩を優しく擦る。

　ただそれだけで肌が粟立《あわだ》ち、身体の奥がゾクゾクして、和音の瞳は期待に潤んだ。相変わらず表情は変化していない気がするが、そのかわり、身体の方はクロのもたらす刺激に従順だった。

「もう少し、強くしてもよさそうだね」

　そう言うと、クロはブラジャーの上から胸に触れた。

「あっ……そこ……は……」

「気持ちいい？　なら、直接触ってみようか」

　クロと向かい合わせになるように体勢を変えられた和音は、彼の手によってブラジャーを上にずらされる。

「はうっ、ンッ……」

　露になった胸の先端をきゅっとつままれると、今まで出たこともない甘い声がこぼれて、全身がカッと熱くなる。

「胸の先、気持ちいい？」

熟《う》れ始めた乳首を柔らかく擦りあげながら、クロが和音の唇をペロリと舐《な》めた。

猫のときも時折顔や唇を舐められることはあったけれど、もちろんあのときは何も感じなかった。

けれど今は、彼の舌が肌の上を滑るたびに身体は熱く高ぶり、ただでさえぼんやりしている意識が爆《は》ぜて、何も考えられなくなってしまう。

「かわいい。こんなに敏感なら、胸の他にも気持ちいいところがたくさんありそうだね」

他も見つけよっか……と耳元で甘い声がこぼれた瞬間、クロの右手が和音のスカートをもぐり、ショーツの中へと侵入する。

「あっ……だめ……！」

誰にも触れられたことのない恥部を擦りあげられ、未知の刺激に腰が跳ねる。

「そこ……いや……」

「和音は、俺に触られるの嫌……？」

嫌などころか、求めてしまうからこそ恥ずかしいし戸惑うのだが、和音はそれをうまく言葉にできない。

「化け物には、触られたくない……？」

耳元で響いた声はひどく切なげで、和音はそんなことはないと伝えたくて、大きく首を横に振る。

決してクロが嫌なわけではないと言いたくて、意を決して彼に視線を戻した。

「じゃ、いいよね」

そこにあったのは哀しそうな顔ではなく、あまりに爽やかな笑顔で、和音は自分が一杯食わされたのだと気づく。

「アッ……んっ！」

クロは、この好機は逃さないとばかりに、和音のぐちゃぐちゃになったワンピースとショーツを引き下ろした。

「やぁっ……」

クロの膝をまたぐ格好で膝立ちにされ、濡れそぼった秘所を強く刺激される。

太い指先で撫で擦られると、ビクビクと腰が震え、身体から力が抜けてしまい、すがりつくようにクロに身を寄せた。

「あぅっ……ん」

こぼれた蜜を指先に絡ませながら、クロの指が媚肉を左右に開き、ヒクヒクと震える芽を巧《たく》みに責める。

「だめ……んっ、やぁ……」

「本当にダメ？　もう指先が入りそうだよ」

くちりと音をたてて、襞を擦るだけだった指先が和音の蜜壷の中へと入っていく。

異物が押し入る感覚は少し怖くて、和音はそこで僅かばかりだがクロの身体を押しのけた。

「大丈夫、怖がらないで。俺がもっと気持ちよくしてあげるから」

「……あ」

次の瞬間、金色に光る眼差しにとらえられ、和音の身体から自由が奪われる。

「むり……もう……」

身体はクロにすがりついているものの、何とか言葉だけは抵抗を試みる。

するとクロが、少し驚いたように首を傾げた。

「和音はやっぱり、幻術系の妖術には耐性があるみたいだね。もう少しだけ、強めにかけた方がいいかな」

「無理やり……するってこと……？」

「そんなことはしないよ。君の意志を奪うつもりはないし、そういう術じゃないから安心して。君を素直にさせるだけで、本当にやりたくないことは拒否できるし、拒絶できる」

「素直に……」

「戸惑いや恥じらいがなくなれば、もっと気持ちよくなれるはずだから。その本能に身を委ねるんだ」

今以上の気持ちよさがあるのかと思うと逆に恐ろしくなるが、クロの金の瞳に視線を搦めとられた瞬間、愉悦《ゆえつ》の波がさらに大きくなっていく。

「あっ、んっ、そこ……」

蜜口の浅い部分を掻き回すクロの指先に秘所を押しつけ、和音ははしたなく喘ぐ。

(どうしよう……恥ずかしいのに、気持ちいい……)

次第に、入り口だけでは物足りなくなってきて、少しずつ奥深くに侵入していくクロの指使いに僅かな期待すら抱き始めていた。

そしてそれをクロも感じ取ったのか、彼は嬉しそうに和音の花芽を擦りあげる。

「あっ……やぁッ!!」

強烈な快感に、和音は髪を振り乱しながら翻弄される。

くちゅくちゅと音をたてて掻き出される蜜と共に、クロは和音の一番敏感な花芯を指で擦りあげ、同時に揺れる乳房にまで舌を這わせる。

(身体が……溶けちゃう……)

刺激の強さに芯をなくした身体は、まるで人形のように、クロの愛撫にあわせてガクガクと揺れる。

「そろそろ、いきそう?」

その問いかけは、小説で何度も見たことがあった。

あまりに何度も出てくるので読み流してしまうこともあったけれど、先ほどまで乳首を舐めていた唇で、耳朶を食まれながら囁かれると、それだけで得体の知れない疼きが身体の奥から湧き上がってきてしまう。

「我慢しないで……さあ、いくところを見せて」

「……っん、ああッン！」

ひときわ強く花芽を擦られた直後、和音の意識は白く爆ぜ、言葉にならない歓喜の声が唇からこぼれ出す。

「ちゃんといけたんだね。すごくかわいいよ」

全身を駆け抜ける愉悦に溺れながら、和音はクロの囁きにぼんやりと耳を傾ける。

そのままクロに身を預けていると、愉悦の波はゆっくりと引き始め、呆けていた意識も戻ってくる。

（終わった……の……？）

クロによって与えられた悦びと熱は、まだ和音の身体の奥にくすぶっている。

ほんの少しでもきっかけがあればまた燃え上がりそうだったけれど、ひとまず行為が終わったことに和音はほっとした。

「……落ち着いた？　じゃあ、次はもう少し激しいの、しようか」

「……次？」

甘い行為のあととは思えぬ間抜けな声を出してしまった直後、クロはにっこりと和音に微笑んだ。

「和音の好きな小説を読んでいっぱい勉強したから、和音がしたいことは色々してあげられるよ？」

「し、したいこと……」

「手始めはそうだな、『お仕置き侯爵の淫らな求愛』に出てくる目隠しプレイなんてどうかな？　しおりを挟むくらい、君はあのプレイを気に入ってたよね？」

クロの言葉に、和音の顔から血の気が引いていく。クロが言っているその本は、妹から『今年の一押し』と言われて借りた本だ。しおりを挟んでいたのはそのシーンが好きだからではなく、あまりの激しさにクラクラしてしまいそこまでしか読めていなかったからだった。

「えっと、確か……ネクタイで女性を目隠しして、鳥の羽根で身体中をくすぐるんだっけ……。羽根はないけど、俺の尾を使ってやってみる？」

「む、無理です……」

「でもまだ軽くいっただけだし、全然満足できてないだろう？」

クロは楽しげな笑みと共にキスを再開し、和音は心の中で悲鳴を上げ続けることになるのだった――。

第四章

目が覚めて、和音が一番に感じたのはなんとも言えない気だるさだった。

(これが、噂に聞く事後の気だるさなのね……)

挿入はされていないから、正確には事後ではないのかもしれないが、何度も達《い》かされたことを思えば似たようなものだ。

(初めて……というかまだ処女なのに……私あんなこと……)

クロの手によって、昨晩は三度も絶頂に導かれた。かなり手加減してくれていたようだが、和音からしたら彼のもたらす愛撫はあまりに刺激的すぎた。

(ネクタイを、あんなことに使うなんて……!)

具体的な行為の内容を思い出さないよう必死に頭から振り払ったところで、側にクロがいないことに気づく。

それにほっとしたような寂しいような気持ちを抱えながら枕元の時計を見ると、深夜一時を過ぎている。

半端な時間に起きてしまったなと思いつつ、夕飯を食べていなかったせいか今更のように空腹を覚えた。

(この近くって、コンビニとかあったかな……)

だがそもそも、こんな高級ホテルに食べ物を持ち込んでもいいのだろうかと悩んでいると、部屋の扉が開く。

「あ、起きてたんだ」

現れたクロに、和音は慌てて身体に毛布を巻きつける。この展開は二度目だし、先ほどはもっとはしたない姿を見せてしまったが、やはり全裸で会話をするのは恥ずかしい。

すると、クロは微笑みながらバスローブを和音に手渡してくれる。

「恥ずかしがる和音もかわいいけど、裸のままご飯を食べるのはいやだって言ってたよね?」

ご飯という言葉に反応し、お腹がぐぅとなってしまい、和音は恥ずかしさのあまりうなだれる。そんな彼女に小さく噴き出してから、クロは寝室の入り口へと戻っていく。

「着替えたらおいで。夜中だけど、中断してたデートの続きをしよう」

「つ、続き……?」

「お腹すいてるでしょう? 遅い時間だけど、ディナーにしよう」

ディナーという言葉を置いて寝室を出て行くクロに、和音は慌ててバスローブを身につける。

　こんなラフな格好でいいのかと戸惑うが、纏っていたワンピースはどこにもない。コートだけは近くにあるが、下着にコートなんてそれこそ変質者のようだし、それならバスローブの方がまだマシだろう。

「さあ、どうぞ」

　ベッドルームを出ると、クロは窓際に置かれたテーブルの側で、和音を待っていた。テーブルの上には銀のクロッシュが二つ置かれている。

（何か、すごく高そうな料理っぽい……）

　ルームサービスなのかもしれないが、ここが高級ホテルであることを考えると、きっとささやかな軽食でさえ高価なのだろう。

　中身がどんなものかはわからないけれど、その値段を想像しただけで空腹も引っ込みそうになる。

「じゃあ、ディナーにしようか」

　完璧なエスコートで椅子に座らされ、和音は借りてきた猫のように縮こまってしまう。

（私、テーブルマナーとか全然だめだけど、大丈夫かな……）

　二人以外誰もいないとは言え、クロの前で粗相をするのも恥ずかしい。きっと彼の方は完璧な所作を身につけているだろうし、それと比べて凹むのはわかりきっていた。

　いっそ、このトレーの中から出てくるのがハンバーガーだったらいいのに。

それも和音が好きな、味も価格も程ほどのものだったらと、情けないことを考えていると、クロが和音の顔を覗き込んできた。

「ねえ、今何考えてるか当ててみようか？」

猫のときもよくこうして顔色を窺っていたが、男らしい今のクロの顔が間近に来ると、心拍数が一気に上昇してしまう。

彼は少し悩んだ後、自信満々な顔でクロッシュを指さした。

「この中身がハンバーガーだったら緊張しないのになーとか考えてるんじゃない？」

「うっ……」

どうしてわかったのだろうかと慌てると、クロの笑みがさらに濃くなる。

「俺は猫耳のストーカー予備軍だからね。和音の考えてることは何でもわかるんだよ」

そんな冗談と共に、クロはテーブルに置かれたクロッシュに手をかけた。

「そしてその期待には応えなきゃね」

笑顔と共に取り去られたクロッシュの中を見て、和音は思わず目を瞠《みは》る。

「シンプルなチーズバーガーとポテト、あとナゲットとアップルパイが和音にとってのごちそうだろ？」

確かにハンバーガーの他にサイドメニューをつけるのは、いつも特別な日に限っていた。

クロの怪我が完治した日も、特別な猫ご飯とハンバーガーを買って『今日は私もごちそうにしたよ』なんてことを言った気もする。

「覚えてたんですか……？」

「うん。夜にハンバーガーっていうのも胃に悪いかなって思ったんだけど、俺ずっと和音と一緒に食べたくて」

それにブティックでは緊張しすぎて死にそうな顔をしてたから、ディナーはハンバーガー屋に行ってサプライズするつもりだったのだとクロは笑い、二人分のハンバーガーを手にして広いソファへと移動する。

「ちょうど近くにお店があったし、二十四時間営業の店に深夜出向くのって憧れだったから、なかなか楽しい経験だった」

「でもあの、体調は……」

「大丈夫だよ。和音が触らせてくれたおかげでいつもより元気になったくらいだ」

そう言って笑う顔は確かに生き生きとしていて、安心する。

「ソファでだらだらしながら食べようよ」

そんな誘いに頷いて、和音は彼と並んでソファに座り、見慣れた包装紙をめくる。

（うん、本物だ）

一口かじればいつもの味がして、それがなんだかほっとする。

和音の隣では、スーツの上着を脱いだクロが肉厚なハンバーガーにかじりついていた。

彼も空腹だったのか、手にしているのは野菜と肉がたくさん入ったボリュームのあるバーガーだ。

（かっこいい人って、何を食べてもかっこいいんだな）

ＣＥＯで、妖怪で、時には猫にだってなるイケメンと、庶民的なハンバーガーはどう考えてもミスマッチなはずなのに、やけに魅力的に見えて目が離せない。

「ん、俺の方も一口食べたい？」

「あ、そういうわけじゃ……」

言いつつも、クロはすでにハンバーガーを差し出している。

「でも私、誰かとこういうこと……」

「『一口ちょうだい』って、交換し合うの嫌い？」

「そうじゃなくて……。交換する相手が、誰もいなかったというか……」

そもそも誰かと食事をすることすら、近頃はめっきり減っていた。

数少ない友達はもちろん両親も妹も海外にいることが多く、並んで食事をするだけでも緊張してしまうのだ。

「ほら、どうぞ」

でもクロが引く様子はなかったので、和音は意を決して口を開いた。

「……あ、おいしい！」

「そんなちっちゃな一口じゃなくて、もっとがっつり食べてもいいのに」

「でも、野菜がいっぱい入ってるおいしいところをもらってしまったので」

「和音は欲がないよね」

しみじみとそう言われると、確かにそのとおりなのかもしれないと和音は思う。ロマンチックでドラマチックな出来事より、こうして誰かとささやかな食事をしたり、一口もらったりというやりとりの方を楽しんでいる自分がいる。

「ねえ、和音のも一口食べていい？」

「はい、どうぞ」

言われるがまま差し出すと、クロは身をかがめ、和音の手にあるチーズバーガーを食べる。

その姿に猫だったときを思い出して和んでいると、クロが怪訝そうに首を傾げた。

「俺、食べ方変？」

「そういうわけじゃなくて……」

猫のようだったと言うべきだろうか、それを言うのは彼に対して失礼だろうかと悩んでいると、クロは先の言葉を促すように、笑顔で小さく頷いた。

自分の言葉を待たれる場面はいつも緊張していたけれど、不思議とクロの前ではそれほどでもない。

時間はかかってしまうが、いつもに比べると喉のつかえはなかった。

「猫だったときのことを、思い出して」

「そういえば、和音の手からおやつをもらってたっけ」

「今更ですけど、食べ物とか色々……猫用のものばかり出してしまってすみません」

昨日までは彼が猫だなんてまったく信じられなかったけれど、今は猫だったときにしてしまった様々なことが申し訳なくなってくる。

(それに私、クロにひどいこともいっぱい言っちゃった……)

ちゃんと説明してくれていたにもかかわらず、彼が妖怪だと信じていなかった和音は、理解することを放棄していた。それどころか彼を変態とまで呼んでしまったことへの申し訳なさも、今更のように募っていく。

「和音が謝ることないよ。すごく特殊な状況だし、むしろ色々と驚かせてこちらこそごめん」

「でもクロが私を助けてくれたのは事実なのに、お礼もちゃんと言えなくて……」

「君が変質者に好かれやすいってことは知ってたのに、軽率に耳を出した俺が悪いんだ。まあそもそも、和音につきまとってたのは事実だし、警戒して当然だよ」

そう笑って、クロはもう一度ごめんと謝る。

「怖がらせちゃったことも含めてお詫びはするから」

「お詫びなんていりません！　デートも、それにディナーまで付き合ってもらえたし」

「でも、ハンバーガーだよ」

「十分すぎるほどです」

わざわざ和音の好きなものを選んで買いに行ってくれたことだけで、胸がときめいている。

それに彼は、感情を表に出すことが苦手な和音の心の機微《きび》を感じ取ってくれて、思いやってくれる。

そんな相手と小説のようなデートをして、優しくしてもらって、こんなに幸せなことはない。

「私の方がお礼をしたいくらいです」

「さっき、いっぱいしてもらった気がするけど？」

少し意地悪な笑みに頬を赤く染め、和音は目を泳がせる。

「そ、そんな……私は気持ちよかったけれど……。ただ、してもらうだけになってしまったから……」

異性とろくに手も握ったことのない女を相手にしても気持ちがいいわけがないし、それを察していたから、和音に何もさせなかったのだろう。

「クロは経験豊富だし、私じゃつまらなかったと思うし……」

「つまらないどころか、素晴らしかったよ」

そう言って、クロは和音の唇を優しく奪う。

たったそれだけのことに身体を固くしてしまう自分を情けなく思うけれど、クロは笑顔のままだった。

「君と過ごす時間はいつも最高だと思ってる。こうして一緒にご飯を食べる時間も本当に楽しいし嬉しい」

「本当ですか……？」

「猫として和音に飼われてたときから、一緒に食事をするのは楽しかった。だから人間になったらまた一緒に食べたいって思ってたんだ」

心の底から望んでくれているのだとわかるその言葉に、和音の胸がじんわり温かくなる。

「私も、同じです……」

一人暮らしが長かったせいか、猫のクロと一緒に食べるご飯はいつもよりずっとおいしく感じられて、彼と自分の夕飯を手に帰宅する時間は、とても幸せなものだった。

彼も同じ気持ちだったと知り、無性に嬉しいと感じてしまう。

「じゃあ、また俺とこうして食事してくれる？」

「私でよければ」

「和音と食べたいんだ。それがこういう気取らない食事だともっと嬉しい」

お金持ちらしからぬ発言に驚くが、話の合間にハンバーガーをかじるクロは確かに幸せそうだ。

「もっと、フランス料理とか、高級なものが好きなのかと思ってました」

「そういうのは、逆に食べ飽きてるんだ。うちは代々ホテルを経営してる、いわゆる資産階級の家系で、亡くなった両親は今で言う意識高い系のお手本みたいな人たちでさ。『一流の人間は一流のもの以外口にしてはいけない』みたいなことを言って、子どもの頃から高級料理ばっかり食べさせられて、正直辟易《へきえき》してた……」

「じゃあ、ジャンクフードなんてもってのほかだったでしょうね」

「食べたいとすら言えなかったし、お菓子なんかも市販のものは絶対NGだったよ。だから思春期の頃、ちょっとした反抗心からジャンクフードに手を出したら、もうハマっちゃってさ」

コンビニのチキンとか肉串とか、すごくおいしいよね！　と、目を輝かせながら力説するクロはなんだかかわいらしくて、和音は頷いた。

「学校の帰りに、こっそり買い食いしたりもしたな」

「えっ、妖怪も学校に行くんですか？」

「もちろん行くよ。試験もあるし、運動会は墓場じゃなくて校庭でしたし」

和音の脳裏に有名な妖怪ソングがよぎったことを察したのか、クロは笑いながらハンバーガーの包み紙をくしゃっと丸め、少し離れたところに置かれたゴミ箱に向けて放り投げる。

包み紙は最初ゴミ箱から大きく逸れたように見えたが、側に置かれた椅子の背にうまいことあたり、絶妙な角度で中へと吸い込まれていった。

「お上手ですね」

「妖怪の力でちょっとズルしたからね。最近は、ああやって物を移動させる……テレキネシス的なのも使えるようになっちゃって」

「それは、ちょっと便利そうです」

「便利だけど、近くの物を取るのに立たなくなっちゃってね……。このままじゃ運動不足になりそうだ」

「……それは確かにありそうですけど、物を動かせたり、心も操《あやつ》れるし、猫又ってすごい妖怪なんですね」

「うーん、でもこの力は、ご先祖様が持っていた力なのか、それとも人と交わることで授かった力なのかはわからないけどね」

彼は苦笑しながら髪を掻き上げる。

「さっきいらっしゃった弟さんも、同じように猫耳を出せるんですか？」

「いや、弟たちはまったく。血の濃さは同じはずなんだけど、俺たちの代で妖怪の力を持ってるのは俺だけなんだ」

「誰にでも出るわけじゃないんですね」

「そう、そこがなかなかやっかいなんだ……」

そう言って苦笑するクロはどこからどう見ても人間そのものだけれど、ゴミを投げたときに力を使ったせいか、彼の瞳の色は先ほどまでと少しだけ違っている。

（いつもは深い茶色なのに、今は金色……）

昨日はさらに濃い金色だったから、使う力の強さによって光り方が変わるのかもしれない。

「おおっぴらに使える力じゃないけど、まあ便利だよ。俺はあまり使わないようにしてるけど、知り合いの中には妖怪の力のおかげで成功した奴も多いし」

「他にも、妖怪のお友達がいるんですか？」

「友達って呼べるほどの奴はいないけど、そういうコミュニティがあるんだ。力のおかげで儲《もう》かってる奴が多いし、うちみたいな大企業で世襲制のところには妖怪の血が混じってることも結構あって、自然と交流も生まれるしね」

そう言ってクロが何気なく挙げた名前には有名な財閥も含まれていて、妖怪の血がもたらす力の強さを知る。

（でもそんなに大きな力、持っていて大変なことはないのかしら……）

妖怪の力が富を生み出すというのなら、それをあてにしてくる者も当然多いだろう。期待だってされるだろうし、自分だったらそのプレッシャーに押しつぶされてしまう気がする。

「妖怪も大変ですね」

アニメや漫画では、もう少し悠々自適なイメージだったけれど、そうでもなさそうだなとしみじみ告げると、クロは少し驚いた顔で和音を見つめた。

「『何でも思いのままにできるからうらやましい』って言われると思ったよ」

「確かに物を浮かせたりできるのはいいなと思いますけど」

「あと、昨日の酔っ払いみたいに、人を思いのままにもできるよ？」

「誰かを操りたいとか思ったことがないので、それはピンときませんが」

どうにかしたいのは他人より自分の方だと苦笑すれば、クロは優しげに目を細める。

「和音は、今のままでいいと思うけど」

「でも私、極度の人見知りだし、口下手だし……。人のことをどうこうする前にもっと自分がしっかりしないとって思うので」

「十分しっかりしてるよ。確かに会話は苦手そうだけど、それは人より少しペースがゆっくりなだけじゃないかな？」

その言葉は意外なもので、今度は和音の方が目を瞠る。

「天然なところはあるけど、返ってくる言葉は決して見当外れじゃないし。こっちの言葉を一生懸命聞いて、一生懸命返事してくれようとしてるんだなって思うと、俺は嬉しいよ」

和音のつたなさをここまで肯定的に受け取ってくれた人は初めてで、和音は驚きと同時に照れくささを感じた。

「それに、和音は気づいてるかな？　最初のときよりずっと、普通にしゃべれるようになってるよ」

「……確かに、前よりは言葉がスムーズに出てきているかもしれません……」

緊張が薄れてきたせいなのか、それとも和音からの言葉を急かさないクロ相手だと気を張らずに済むせいか、僅かな間はあっても会話は普通に繋がっている。

「俺にはかわいくしゃべりかけてくれるから、実はずっとうぬぼれてる」

「うぬぼれる……？」

「和音とスムーズに会話できるのは俺だけって思うと、特別感あるし」

クロはそう言うが、むしろ特別感を抱いているのは和音の方だ。

和音の性格を肯定的にとらえ、口下手であるのを責めることもなく、ありのままを自然に受け入れてくれる人は今までいなかった。

(それに、酔っ払いに絡まれたときも……私を責めずにいてくれた)

悪いのは相手だと、そう断言してくれたとき、和音は救われたような気持ちにさえなったのだ。

ずっと堪えてきた苦しさを、この人はわかってくれていると感じた。そしてそんな彼に巡り会えたことを幸せに思う。

「あんまりかわいい顔してると、また我慢できなくなりそうなんだけど」

ふいに、クロは和音の方に身を寄せると、彼女が手にしていた包み紙を奪い放り投げる。

それがあり得ない角度でゴミ箱に入っていくのを見ているうちに、クロは和音の空いた手を摑みその指先に唇をそっと押しつけた。

「そっ……そういうことされると……また言葉が……」

「それでも、最初よりずっと普通にしゃべってるよ。パート仲間の木村さんとしゃべってたときよりね」

「あの、ちなみにいつから……」

「ん？」

「ストーカーに間違われてましたけど、いつからその、私のこと見てたのかなって……」

和音の言葉に、クロは考え込みながら指を折る。

「人の姿になれるようになってから、割とすぐかな。いきなり失踪したせいでトラにすごく怒られて、たまった仕事を片づけるために一度家に帰ったんだけど、どうしても和音のことが忘れられなくて……」

でも木村に見つかりそうになり、泣く泣く諦めたとクロはため息をこぼす。

「仕事を片づけなきゃいけなかったし、途中からは『猫の目』を使ってた」

（……『猫の目』？）

そういえば、車に乗るときも同じ言葉が出ていたことを思い出す。

「それも、妖術ですか？」

「うん。猫を操ったり、視界をジャックする妖術だね。操らなくても彼らとはコミュニケーションが取れるから、『和音の後をつけて』って直接お願いしたこともあるけど」

「ね、猫語がしゃべれるんですか！」

興奮のあまり身を乗り出すと、そこに食いつくんだ、とクロが笑う。

「猫語を使ったりはしないよ。ただ猫の言うことがわかるし、猫の方にも俺の言葉は不思議と伝わるみたいでね」

「それ、すごいです！　それは、うらやましいです！」

「別に俺じゃなくても、あいつら、人の言葉とか視線でこちらの言いたいことはわかってると思うけど」

「でもやっぱり素敵です」

猫好きとしては心の底からうらやましいと言うと、クロはおかしそうに笑い出した。

「こんなに興奮した和音、初めて見たな」

「だって、本当にすごいと思うので」

「力がなくても、和音の言葉は割と猫たちに伝わってる気がするけどね。近所の猫たちに聞き込みしたときなんて『和音ちゃんは優しいから好き』『撫で方が一番気持ちよくて好き』って大人気で、正直嫉妬《しっと》したほどだ」

「嫉妬って、相手は猫ですよ？」

「でも和音、人間の俺より猫の俺の方が好きでしょう？」

そんなことはないと言おうとしたけれど、猫の方が気楽に接していられたのは否定できない。

「最近は前みたいに撫でてくれないし、他の猫には甘いから結構嫉妬してる」

拗ねた様子で告げてくるが、冗談にも聞こえなくて、和音はついドギマギしてしまう。

「だから猫の姿じゃできないことをして気に入られようと、金持ちCEOプレイをしてみたけど、あんまり喜んでくれないし」

「それは……あまりに不慣れだから緊張しすぎて……。でも服は嬉しかったし、こうやって一緒にご飯を食べるのも楽しいです」

「それは俺も同じだよ。周りは金持ちだらけでこういう気取らない食事に付き合ってくれる奴はいないし、弟たちの中でも付き合ってくれるのはトラくらいだし」

そう言ってうなだれる姿は友達の少ない自分と重なる気がして、和音はためらいながらも、彼の頭に手のひらをのせ、そっと撫でた。

猫だったときのクロは撫でられるのが特に好きだったから、こうすることで少しでも元気が出ればと思ったのだ。

「あの、さっきも言いましたけど、私でよければ食事、つきあいますから」

「ハンバーガーだけじゃなくてラーメンとか、コンビニ弁当も好きだけど、いい？　味覚がお子様だって、呆れられるものばっかりなんだけど」

「呆れませんよ。それだけだと栄養が偏っちゃいそうですけど、私も大好きです。チキンとか、肉まんとか」

「じゃあピザまんは？」

「好きです。いつもどっちを買おうか迷います」

「じゃあ、今度二つ買って半分こしよう」

クロの提案に、和音は何度も頷く。

「でも意外だな、読んでる小説の傾向からして高いディナーとかロマンチックなデートの方が好きなのかと思ってた」

「私も、そういうのに憧れていたと思ったんですけど……」

今思えば、そういう非現実的な夢を見ることで、誰かとコンビニやハンバーガーショップに行くことすらできない寂しさを見ないようにしていたのかもしれない。

絶対に起きないことを夢見ていれば、それが叶わなくてもさして痛手はないから。

「まだまだ和音のリサーチが足りないから、もっと調べないとな」

「あっ、でもつけ回したりしなくて大丈夫ですよ。聞きたいことがあれば答えますし」

「じゃあ、根掘り葉掘り聞いていい？」

「ね、根掘り葉掘り……」

いったい何を訊かれるのかと身構えた瞬間、ただでさえ近かったクロとの距離がさらにぐっと縮まり、固く引き結ばれていた和音の唇に柔らかいものが押し当てられる。

キスをされたのだとすぐに気づいたが、突然のことに和音は身動き一つすることができない。

「ここにキスされるの、いや？」

僅かに顔を離し、クロが甘く問いかける。

嫌ではなかったが、キスを自然に受け入れるだけの余裕と経験が和音にはない。

「ごめんなさい、下手で……」

されるがままの自分では、マネキンにキスしているのと同じだろうなと落ち込んでいると、クロが小さく首を傾げる。

「俺は和音のつたないキス、好きだけどな」

　僅かに震える和音の唇をクロの指先が撫でていく。緊張をほぐすように、優しく左右に動く指先はエロティックに感じられ、切ない気持ちが溢れていく。

「その顔は、嫌ではない、だろう？」

「あの……」

「もっとしてって顔してる」

「そ、そんなはしたない顔に……なってるんですか？」

「はしたなくないよ。かわいいし、期待に応えたくなる顔だ」

　先ほどよりさらにゆっくり唇を撫でられると、物足りなさが全身に広がっていく気がした。

「キス、もっとしたい？」

「でも……」

「ためらうことはないよ。あいさつ代わりにキスする国だってあるだろう？」

　実際そういう国にいたことはあるが、あいさつのキスとクロのキスはまるで違う。

「俺は和音が望むことをしたい。だからキスさせて」

　懇願されると、身体から力が抜けていき、期待と共に小さな吐息がこぼれる。

　その一瞬の隙をつくように、クロは和音の頭を抱き寄せると、先ほどよりも荒々しく唇を重ねてきた。

「あっ……ん」

僅かに開いた唇に隙間から舌を差し入れ、クロは戸惑いに震える和音の歯列をなぞる。鼻から抜ける吐息に甘さと熱が混じり始めると、和音はクロのシャツをぎゅっと握りしめた。

するとすぐさま和音の小さな舌はクロの舌に搦めとられ、くちゅくちゅと音をたてなから舐《ねぶ》られる。

巧みな舌使いに翻弄され、唾液を交換しながらの深いキスはとても恥ずかしいのに、同時にとても気持ちがよくて、和音の身体からゆっくりと力が抜けていく。

逞しい腕に背中を支えられ、いつしか唇だけでなく身体までもぴったり密着させながらキスを受け入れていると、全身が熱を持ち始めた。

（この感じ……さっきと似てる……）

快楽に溺れ、はしたなく震えてしまったことを思い出し、和音ははっと我に返る。

それに気づいたのか、名残惜しそうにしつつも、クロは唇を離した。

「もっと続けたいけど、そろそろ嫌になってきた？」

静かな問いかけに、和音は答えることができない。

嫌であるどころか、身体も……そして心も、クロとの触れ合いを望んでいるようだった。

けれどそんな自分が恥ずかしくて、素直になることもできない。

「そんな顔しないで……。俺、和音の嫌なことは絶対しないから」

今度は触れるだけのキスを落とし、戸惑う和音を落ち着かせるように、赤く染まった頬を指で優しく撫でた。

「今日はもう、激しいことはしないよ」

「ほ、本当に……？」

「うん、ほどほどにする」

えっと思った瞬間、クロは和音の背と膝裏に腕を回し、抱き上げる。

「だから、お風呂行こうか。ここのバスルーム、『ドS御曹司の究極恋愛』に出てくるお風呂並みに豪華なんだよ？」

和音の愛読書の中でも過激なタイトルをさらりと口にする様子からは、全然ほどほどで収まる気がしないだが、突然のことで頭が真っ白になってしまった和音が、クロの腕から逃げられるはずもなかった。

＊＊＊

「ここ、きもちいい……？」

「え、えっと……」

「じゃあもう少し右かな？　ここ、好き……？」

「す、好きと……いうか」

「あ、もう少し強めの方が、いいかな？」

「……あ、あの、わざと……やってます？」

「何が？」と笑顔で尋ねてくるクロを見上げながら、和音は「絶対わざとだ」と確信する。

「激しいこともしてないし、和音の苦手なエッチなこともしてないだろ？」

「でも声が……無駄に甘いですし……」

「それはきっと、バスルームにいるからだよ」

「声が響くから甘く聞こえるだけだよ」と笑うクロの手によって、今和音が施されているのはマッサージだった。

マッサージと言っても肩や首を中心としたものだし、手つきは決していやらしいものではない。

（でもこの状況は、どうなのかしら……）

広々としたバスタブにためた湯の中に、和音はタオルを巻いたまま浸かっている。

質のいいバスジェルを使ったおかげで、タオルがなくとも身体が見えないほど浴槽には泡がたっているが、それでもむきだしの肩口を触れられるとなんだか気恥ずかしい。

「そろそろ、頭洗う？」

「あ、頭……!?」

「うん。本当は身体も洗ってあげたいけど、さすがにそれは刺激が強すぎるかなって」

そんなことより、そもそもなぜ当たり前のようにクロが洗う流れになっているのかと考えたところで、そういえば昔自分も彼の気持ちを無視してお風呂に入れてしまったことがあったと思い出す。

「もしかして、あのときの復讐ですか……？」

「ん？」

「前に、クロのこと無理やり洗ったから……」

まだ彼が猫だった頃、嫌がらないようなら一度お風呂に入れるようにと医者に言われ、実行したことがある。

なんだかんだ気持ちよさそうにゴロゴロ喉を鳴らしていたが、本当はものすごく不本意だったのかもしれないと、ふと思ったのだ。

「確かにあのときは焦ったよ。和音の洗い方、なんだかいやらしかったし」

「い、いやらしくないです……」

「でも俺のあんなところやこんなところ、いっぱい触ってたよね」

確かに猫だと思って全身をゴシゴシしてしまったことは否定できず、和音は真っ赤になって顎《あご》までお湯に沈む。

「じゃあ、こっちを背にして頭を貸して。今日は俺がいやらしく洗ってあげる」

「い、いやらしく……」

「冗談だよ。洗うのは頭だけだし、いやらしくしようがない」

確かにそのとおりだし、微笑むクロはまだスラックスとシャツを着たままだ。

「これなら健全だろ？」と言い張る彼の言葉に、結局和音は負けてしまった。

(私、流されすぎかしら)

バスタブのへりに頭を寄せ、楽しげなクロの手によって頭を洗われながら、和音は奇妙な気分になってくる。

お風呂に一緒に入るのは脱がされる以上に恥ずかしいのに、クロの楽しそうな顔を見ていると彼に身をまかせるのも悪くないのかなと思うのだ。

(それに、こういうの憧れてたし……)

ホテルの仕事でバスジェルは何千個と交換してきたのに、和音は今まで一度も泡風呂に入ったことがなかった。

でもあのふわふわでかわいい感じはずっと憧れていて、小説や海外の映画に泡風呂が出てくるたび『自分もいつか入ってみたいな』と思っていた。

そしてそれをクロは知っていたらしく、バスジェルをドバドバ入れて「和音が入らないとこの泡が全部無駄になっちゃうよ」などと言うものだから、ついついほだされてしまった。

(でも思ってたよりずっと気持ちいいなぁ。泡もふわふわだし)

相も変わらず表情にまったく変化がないが、和音は内心泡にはしゃいでいた。

「ねえ、泡より俺のこと見てよ」

そしてそんな和音に、やっぱりクロは気づいてしまうのだ。

「べ、別に泡ばかり見てたわけじゃ……」

「でも今、デレデレしてたよね泡に」

「うっ……」

「正直、この年で猫や泡に嫉妬するなんて思いもしなかった」

「し、嫉妬……？」

「だってこんなにかわいくはしゃいでる和音、初めて見たし」

悔しそうな顔をしながら、クロは改めて和音の髪に指を差し入れる。

「泡より、俺の手の方を意識してよ。本気で気持ちよくするから」

「も、もう十分すぎるくらい気持ちいいです」

クロの手つきはプロの美容師のようで、心地よい力加減で和音の頭を洗ってくれる。ただそれを意識すると、なんだか少し胸の中がモヤモヤとしてしまうから、あえて泡の方に意識を向けていたのだ。

(もしかしてこういうこと、よくやってるのかな)

女性経験は豊富そうだし、きっとこの手の広いバスルームのあるホテルに泊まることはこれまで何度もあっただろう。

今日は和音が恥じらうから遠慮してくれているようだが、クロが女性と泊まって何もしないわけがないし、お互い裸でこのお風呂に入ることもあるに違いない。

（お風呂に入るだけじゃなくて、きっと髪とか身体とかに触って……）

なんてことをうっかり妄想してしまうので、和音は再び泡に集中する。

こういうとき、小説や映画などで無駄に妄想力を培ってしまった自分が恨めしい。

抑えようとしてもどんどん溢れてしまう考えには赤面してしまうし、何より、クロが誰かとそういうことをしていたのだと考えた瞬間、なぜか胸の奥がキリキリと痛んで止まらない。

そしてさらにたちが悪いのは、初めて感じる痛みにもかかわらず、その胸の痛みの理由に察しがついてしまうことだ。

（クロがどこで何をしようと、私がとやかく言う資格なんてないのに……）

この場所で、いったい何人の女性と過ごしたのだろうとモヤモヤしてしまう自分に、和音はそっとため息をつく。

「やっぱり、嫌だった？」

そのため息で、クロが心配そうに和音の顔を覗き込む。

「ち、違うんです……！　ただ、あの……」

誤解を解かねばと思うのに、こういうときすぐに言葉が出てこない。

情けなさにうなだれていると、ふと肩口に温もりが触れた。

「違うって言葉は信じるよ。でも、何か他に落ち込む様なことがあるなら、話して欲しいかな」

「あっ……」

肩口に触れたのはクロの唇で、彼は和音の頭をバスタブのへりに優しく固定すると、彼女の額や唇にそっと口づけを始めた。

触れるだけのキスなのに、不思議と気持ちが高揚していく。

もっと欲しくて、でもそう思ってしまうのが恥ずかしくて、頬を赤く染めながら甘い吐息をこぼすと、クロが柔らかく微笑んだ。

「そんな顔されると、もっと色々してあげたくなる」

色々とはどんなことだろうかと思う一方で、他の女性にしたのと同じように触れられるかもしれないと思うと、抵抗を感じる。

(やっぱりこれ、嫉妬なのかな……)

胸に渦巻く不快感はそうとしか思えず、和音は戸惑う。

(嫉妬するってことは、私……クロが好きなのかな……)

猫だったときに感じていた親愛の延長だと思いたいけれど、キスに溺れ始めた和音の心が感じているのは、動物を愛でる気持ちとはまるで違うものだ。

かといってそれを恋だと認めてしまうのは時期尚早な気もするし、何より自分のような一庶民がクロに対して特別な感情を抱いても、ロクな結果にならない。

(少なくとも、クロは恩返しで色々してくれてるだけだし)

その方法が少々親密すぎるのも、和音に対して特別な思いがあるというより、この手の行為が純粋に得意だからなのだろう。

プレイボーイとして知られる彼のことだから、それを求められることも多いに違いない。

「そろそろ、流してもいい？」

「あ、大丈夫……です。むしろここからは自分でします」

言いながら、身体に巻きつけたタオルを押さえ、バスタブから上がろうとするが、急に動いたのがいけなかったのか、和音の視界が僅かに歪む。

「立ちくらみ？　大丈夫？」

「大丈夫です、少しくらっとしただけで……」

たいしたことはないと遠慮するが、クロは強引に和音の手を取り自身の背中に彼女の腕を回す。

「ここに摑まって」

「服が、濡れちゃいます……」

「どうせクリーニングに出すつもりだったし構わないよ。それより、おいで」

さらに引き寄せられ、クロの胸の中に倒れ込むようにしてバスタブから上がる。

クロは和音を抱き寄せたまま、シャワーのハンドルをひねった。

降り注ぐお湯は和音だけでなく、クロの髪と身体も濡らしてしまうけれど、彼はまったく気にすることなく慣れた手つきで和音の頭を流してくれた。

「目にシャンプー入ってない？」

「私のことより、クロの服が……」

「構わないって言っただろ？　それに、こうしてると色っぽい和音の姿を一番近くで見られる」

それを言うなら、クロの方が色っぽいと和音は思う。

濡れて張り付いたシャツの下から透けて見える逞しい身体や、水のしたたる黒い髪は、異性慣れしていない和音にとってあまりに目の毒だ。

見ないようにと思うけれど、お湯が目に入らないよう下を向いていると、どうしても厚い胸板が視界に入ってしまうし、かといって目を閉じていると、頭や頬を撫でる指先をよりはっきりと感じて、身体が火照ってしまう。

「真っ赤になってるけど、お湯が熱い？」

「いえ、そういうわけじゃ……」

「なら、赤くなってるのは俺のせいだって思っていいのかな」

頭を撫でていた手が腰に回され、そのままきつく抱き寄せられる。

「トリートメントは、もうちょっと後でいいかな？」

そんな問いかけと共に、和音は再び唇を奪われる。

少し荒っぽい口づけに腰が砕けそうになるが、気がつけば、身体を支えられるように壁に背中を押しつけられていた。

「ほどほどに……するって……」

「うん、だからキスだけ」

「でも、はげ……しい……」

「……まだ、序の口だよ」

　すでに和音は息は上がり始めているのに、クロはさらに深く舌を差し入れた。

　そのまま舌を搦めとられると、言いようのない心地よさに頭がぼんやりしてしまう。

（また、妖術を使ってるのかな……）

　恥ずかしさと同じくらいもっとキスが欲しくて、和音はゆっくりとクロの舌に自らの舌を絡ませる。シャワーの音でかき消されているけれど、激しさを増すキスはきっと淫らな音を奏でているに違いない。

「和音はかわいいな……、初心《うぶ》なのにキスだけで蕩けそうな顔してる」

　蕩けそうな顔とはどんな顔かと確認したかったが、鏡はクロの背に隠れてよく見えない。けれど、ただでさえ表情の乏しい自分が浮かべる表情はきっと、かわいげのないものに違いないと思い、和音は慌てて下を向いた。

「あっ……」

　そこで和音は、今更のように身体に巻いていたバスタオルがなくなっていることに気づく。キスに夢中になるあまり、押さえていた手を離してしまっていたらしい。

　慌ててその場にしゃがみ込もうとするが、それよりも早くクロが和音の動きを阻む。

「ねえ、やっぱり全部洗わせて？」

「えっ……」

「和音が俺にしてくれたように、俺が和音を綺麗にしたい」

「でもあれは、猫……だったから……」

「猫も人間も同じだよ。あ、もしかして猫みたいに洗って欲しい？」

そう言って、クロが和音の首筋をぺろりと舐めあげる。

途端に身体の奥が切なく疼き、和音は自分の反応に戸惑った。

「和音は、こっちの方が好きかな？」

「だ、だめ……」

咄嗟にクロを押しのけようとするが、腕を摑まれ壁に縫い付けられる。

「俺が綺麗にしてあげる」

「あっ、やぁ……」

首筋を舌でツーっと舐められた途端、自分でも驚くほど甘い声が口からこぼれた。

「こっち側もかな」

「そこ……ダメ……ンッ」

少しずつ角度を変え、左右の首筋を舐められるたび、バスルームに和音の嬌声《きょうせい》がこだまする。

激しいキスにより官能の火がついた身体を優しくねっとりと舌で嬲《なぶ》られると、腰までビクビクと震えて止まらなくなる。

そんな和音の反応を楽しげに見つめながら、クロは僅かに身をかがめると、こぼれた右の乳房に唇を寄せた。

「ンッ……やぁッ」

ちゅっと音をたてながら吸い上げられ、頂《いただき》を優しく食まれると、激しい愉悦の波が全身を駆け巡る。

「和音の身体……すごく敏感になってる」

「そんなこと……」

「そんな甘い声で否定しても、全然説得力ないけど」

そう言ってクロはいたずらを思いついた少年のような顔で和音を見上げた。

「恥ずかしいなら、妖術をかけてあげようか？　そうしたら、欲しいって素直に言えるようになるよ？」

「や……やだ……」

「でも和音、恥ずかしくて仕方ないって顔だ。前にも言ったかもしれないけど、感じるのは悪いことじゃないし、むしろ俺は感じて欲しい」

そう言われても、舐められるたびにこぼれる声や、快感に震える淫らな身体を認めてしまうのは難しい。

「素直になったら、きっともっと気持ちよくなれる」

「もっと気持ちよくなったら……死んじゃう……」

「死なないよ」

おかしそうに笑って、クロは和音の腕を放し、代わりに頬を優しく撫でる。

「だから素直になって。自分で心を解放するのが難しいなら、俺が手伝ってあげるから」

そう告げるクロの瞳が金色に輝いたことに気づき、和音は慌てて顔を背ける。

「あっ、ンッ……！」

けれど次の瞬間、再び胸を食まれてしまい、和音は身体を弛緩させながら淫らに喘いでしまった。

（やっぱり、恥ずかしい……）

けれど一方で、クロのもたらす愉悦に溺れたいと思っている自分にも気づき、和音は葛藤する。

「和音、こっちを見て……」

そんな彼女を色めいた声で誘惑しながら、クロは絶え間ない刺激を与え続ける。

「俺とこうするの、やっぱり嫌……？」

前回もこの切なげな声に騙されたのだ。そうわかっているのにそれでも彼の声は無視できなくて、和音は熱の籠もった吐息をこぼしながらゆっくりとクロの方へと顔を向けた。

「嫌な気持ちにはさせないから、俺に身を委ねて」

二人の視線が交わると、クロは幸せそうに微笑んだ。

「もっと俺に甘えて、もっと溺れて。この先ずっと、俺が和音を気持ちよくしてあげるから」

　金色の瞳に意識を搦めとられ、恥じらいや戸惑いが波のように引いていく。

「頭も身体も俺が毎日洗ってあげるし、キスも毎日してあげる。だから和音は、俺に甘えることを覚えて」

「甘える……」

「そう。素直に甘えて俺を欲しがって。和音が望むものは全部俺が与えてあげるから」

「じゃあ、私……」

　キスがしたい……と言葉がこぼれた次の瞬間、和音の唇は激しく奪われた。

　肉厚な舌に口内を犯されるたび、喜悦に身体が震えて止まらない。

　素直に快楽を受け入れたことにより、身体の感度が上がってしまったのか、和音の秘部からは蜜がこぼれ出し、シャワーから降り注ぐ湯と共に彼女の太ももを濡らしていく。

「キスの他には？　どこを、触って欲しい？」

「わからない……」

「遠慮しなくていいのに」

　そう言われても、キスだけで全身が震えるぐらいに気持ちよくて、自分が何を求めているのかわからなくなっていた。

　そしてそれを素直に口にすると、クロは和音の乳房と秘部にそれぞれ手を当てる。

「なら、和音の好きなところ、全部に触れようか」

「ッ……あ……！」

「和音は乳首とここが弱いんだね。ここを強く擦ると、たまらない？」

濡れた陰唇の間に指を入れられ、クチュクチュと音を立てながら強く刺激される。

「んっ……ああ」

「ここ、好きでしょ？」

「す、すき……きもち、いい……」

妖術によって恥じらいの消えた和音は、蕩けるような声で気持ちいいと繰り返し、クロの指先に夢中になっていく。

「中もきっと気に入るはずだよ」

「な……か……？」

「安心して。君を傷つけたりはしない。それにきっと、こんなに蕩けていたらすぐに……」

「はぁっ……指……ダメ……！」

クロの長い指が、蜜を掻き分けながら、和音の襞の間に割入ってくる。

強すぎる刺激に一瞬腰が引けるが、恐怖を感じるより早く肉芽を強く擦られ、和音は再び愉悦に震えた。

「そのまま力を抜いて、そう、いい子だ」

クロの甘い声を聞いていると、それに従わなければならない気がして、和音は言われるがままクロの手の方へと腰を戻す。

「そう、そのまま……」

「あっ……」

「すごい、もう中に入っちゃったよ……」

「中……いるの……？」

「そうだよ、君の中で動いてるのは俺の指だ」

さらに深く指を差し入れたクロは、指先を僅かに曲げ、ぐちゅぐちゅと掻き回す。

「やあッ、そこっ……」

「和音の好きなところ、見つけた。中ですぐ気持ちよくなれるなんて、エッチな身体だね」

「えっち……じゃ……」

「エッチだよ。だってもう、いきそうだ」

蠱惑的な微笑みがゆっくりと近づき、今度は優しく唇をついばまれる。

「はっ……んむ……」

荒々しさはないのに、クロの舌でそっと歯列をなぞられるだけで、鼻にかかったような声が漏れた。

同時に胸の頂と陰核をきゅっとつままれ、敏感になった蜜壺まで掻き回されて、和音は激しい快楽の中でビクンと身体を震わせる。

「んっ……ンンっ!!」

喉を鳴らし、身体をしならせながら大きく痙攣《けいれん》する身体を止めることも支えることもできない。

恥ずかしいなどと思う余裕もなく、押し寄せてきた絶頂の波に思考を焼かれてしまい、なすすべなく翻弄されるばかりだった。

「やっぱり、和音の達した顔、すごくいい……」

耳元でクロの囁き声が聞こえるが、爆ぜてしまった意識では、彼の言葉をとらえられない。

けれど自分を見つめるクロの顔が穏やかで、幸せそうなことはわかり、和音は嬉しかった。

「クロ……」

名を呼びながら、クロの身体に身を預けていると、彼の逞しい腕がすがりつくようにぎゅっと和音の背中に回される。

「もう一回呼んで……」

「……クロ」

かすれた声でもう一度呼べば、彼は何かを堪えるような顔で濡れた前髪を掻き上げた。

「……我慢するのは楽じゃないね。その顔は、俺にしか見せないで」

ずっと側にいて、と告げる声はひどく切なげだった。

過ぎた快楽のせいで意識は蕩けていたが、クロの変化を敏感に感じ取った和音は、猫だったときにしたように彼の頭を優しく撫でる。

するとクロは僅かに目を見開き、破顔した。

「君に撫でられると、心地よすぎて辛いくらいだな」

うっとりとキスを落とし、クロは再び和音の身体を愛撫し始める。

戻ってきた熱に翻弄されながら、和音は再び甘い声を上げ、彼との行為に溺れていくのだった。

第五章

「兄さん、この頃わかりやすくご機嫌ですね」

呆れたような、しかしどこかほっとしたような声に、クロは手にしていた書類から顔を上げる。

「兄さんが鼻歌交じりに仕事してるところ、初めて見ました」

打ち合わせに向かう車内で、『今のうちに確認してください』とトラに書類を押しつけられたときは正直いい気分ではなかったけれど、次の予定が終われば和音に会えると思うと気持ちも少し前向きになる。

（でも鼻歌は無意識だったな……）

和音のことを思うと機嫌がよくなる自分には気づいていたが、その傾向は日を追うごとに強くなっているらしい。

——狭山和音。

いつもの発作で記憶をなくし、猫の姿になってしまったクロを拾ってくれた彼女は、恐ろしいほど狭いアパートに、一人きりで住んでいる。

彼氏や友達が来る気配もないのに、小さな棚の上にツリーを置いたり、時折クリスマスソングを流したりするその姿を最初に見たとき、正直に言えば寂しい子なんだなと、少なからず憐みの目さえ向けていた。

その上何があっても表情を変えない彼女を、クロは少し不気味にさえ感じたし、覇気《はき》のない表情は人形のようで、何か心の病気でも抱えているのかとも思ったほどだ。

だが一方で、一生懸命看病してくれる姿には好感が持てたし、優しさを向けられ続けることには、これまでにない満足感を覚えていた。

それによくよく観察してみると、ささやかながら彼女にも表情があると気づいた。眉がちょこっと上がるとか、少し目が細くなるとか、些細な変化をとらえて彼女の気持ちを当てることを、次第に楽しむようになっていた。

それに、誰に対しても無口な彼女が、猫のクロにだけはよく話しかけてくるのも嬉しくて、彼女に構ってもらいたくて普段はしない猫のまねまでして甘えて見せたのだ。

甘える自分に優しく接してくれることに優越感を覚え、叶うならばいつまでも彼女に飼われていたいとまで思った。

しかし仕事がある身では猫でい続けるわけにもいかず、かといって離れる選択肢などなかったクロは、今はもう忘れられて久しい古い妖怪の掟まで持ち出して、彼女の側に居座ることにしたのだ。

「にやけてますけど、和音さんのこと考えてます？」

「狭山さんね」

「ずいぶんご執心ですね。兄さんが女性に執着するなんて、正直かなり意外です」

「まあそこは、自分でもちょっと驚いてる」

なぜそこまで和音に惹《ひ》かれるのか、クロは自分でもわかっていない。発作で苦しむ自分の身体を彼女だけが癒《い》やせることも不思議だった。

「やっぱり、和音のことが好きなのかな……？」

「……どう考えてもそうとしか思えませんし、なぜ疑問形なのか理解に苦しみます」

「だって俺、誰かを好きになったことないし」

幼い頃から愛や恋を育む環境からはほど遠い場所にいたので、その感情についてクロは多くを知らない。だからこそ、自分が和音に抱く感情が何であるか、クロはいまいちとらえきれていなかった。

「今のセリフ、今まで付き合ってきた女性たちに知られたら殺されますよ」

「あっちだって別に俺に愛情があったわけじゃないからお互い様だよ」

いつだって、クロに群がるのは家柄や肩書きに惹かれる者たちばかりだった。

（でも、和音は違う……）

ブティックで見せた青い顔は最高だったなとクロはほくそ笑む。

今まで付き合ってきた女性たちとは違って、クロが何を与えても彼女は恐縮するばかりで、そこがたまらなくかわいいと思うし、少しほっとする。

近頃は若干嫌そうにする顔が見たくて、わざと彼女が欲しがらない服や鞄を押しつけることもあるくらいだ。

「でも、付き合った子たちには誠実だったつもりだよ。何でも買ってあげたし、結婚以外の望みは叶えたし、することはした」

「誠実どころか、今の発言はすごく屑っぽいです」

「なんで？　女の子たちが望むものは全部あげたけど」

「肝心の気持ちはあげてないじゃないですか」

「まあ、そうだけど。そもそも、俺の気持ちなんて誰も考えてなかったし、欲しがる子はいなかったと思うけど」

「そもそも、自分の気持ちを無視するような女性と付き合おうと思うところが俺には理解できません」

「そうだな、言われてみればなんでだろう」

不思議だなと改めて思っていると、トラが呆れたようにため息をつく。

「兄さん、そういうところちょっと人とずれてますよね」

「妖怪だからかな」

「いや、あんまり関係ない気がしますけど」

「じゃあ育ちかな」

「そっちは否定できません。半部外者の俺から言わせれば、兄さんに対する父さんと義母さんの接し方は異常なものがありましたし」

「まあ、息子が妖怪だってわかったら普通こじれるさ」

でも確かに、自分がまともに人を愛せないのは、両親のせいもあるのかなとクロは他人《ひと》ごとのように考える。

両親は愛し合っているようには見えなかったし、クロが両親の愛を感じることも、これまでなかった。父は妖術を使える自分を道具としてしか見なかったし、母親は時折猫に化ける息子を気味悪がり、クロを側に近づかせようとしなかった。

だからたぶん、クロは愛情に飢《う》えていたのだろう。

それ故、クロはどんな形であれ関心を寄せられると無下にできず、相手が自分のことを好きでないとわかっていても、応えたくなる。

元来、クロは誰かの喜ぶ顔を見るのが好きなのだ。

好きだと言われれば付き合うし、欲しいものがあれば何でも与えたいと思う。相手が嫌がることも、絶対にしないと決めていた。

（でも俺、和音には結構意地悪してるような気が……）

そこもまた不思議だなと思いつつ、クロは手にしていた書類にさっとサインを入れ、座席の上に放った。

そんな彼の様子を、トラがバックミラー越しに見つめる。

「もう終わったんですか？」

「ああ」

「それなら、そっちのパソコンの……」

「メールのチェックならしたし、弟たちの出した企画書にも全部目を通したよ。どれも手直しが必要だけど、その旨も全部メールで伝えてある」

「い、いつの間に……」

「打ち合わせが終わったらすぐにでも帰りたかったから、やっておいた」

一番多忙だった時期に比べたら物足りないくらいの量なのだから、片づけることなど造作もない。

「……手持ち無沙汰って顔してますね。よかったらもう少し……」

「いや、和音との時間が減るから今日はこれ以上増やさない」

「多少増やしても、今の兄さんのペースならすぐ終わるでしょう？」

「いや、増やさない」

「……その頑なさは、本当に和音さんのことだけが理由ですか？」

静かな問いかけに、クロは答えの代わりに窓の外へと目を向ける。

皇居の近くを走っていた車は有楽町を過ぎ、車窓には東京駅やこれから向かうホテルの外観がチラリと見える。

クロたちが向かっているのは、来月オープン予定の新しいホテルだ。

数年前まで、その場所には猫羽リゾートが経営する有名な老舗《しにせ》ホテルが建っていた。

クロの祖父の時代からあるものだったが、祖父の跡を継いだ父はお世辞にもビジネスセンスがあるとは言えず、その老舗ホテルも一時期は経営悪化により閉館の噂まで出ていた。

それを見かね、「自分に任せて欲しい」と手を挙げたのがクロだ。

その頃はまだ海外からの観光客は今ほどいなかったが、今後確実に増えると説得し、海外セレブ向けの高級ホテルに作り替えようという企画を出したのだ。

父には猛反対されたが、その頃すでにクロの施策によって、赤字に陥っていたホテルの多くが業績を回復させていたため、弟たちと役員が味方につき、企画は無事通ったのだった。

もともとが古い建物だったため、ほとんどを解体するという大工事になったが、そのおかげで、デザインも大幅に変えることができたし、ビル群の中にあっても目を引く和の要素を取り入れたデザインは、建築業界でもかなり評判がいい。

内装もテナントも従業員も一流で固めたそのホテルは、クロにとっての集大成といえるだろう。

オープン前からすでに予約は一年先まで埋まっていて、今後はコンセプトを変えたホテルをもう一棟都心《としん》に出そうという企画も社内では上がっている。

（親父が生きていたら、さぞや悔しがっただろうな）

その顔を見られないのが残念だと思いながら、クロは和音のことを考えていたときとはまるで違う、冷めた笑みを浮かべた。

「それとも、今の俺の不安定な状態を見たら『それ見たことか』と嘲笑《あざわら》うか……」

自嘲《じちょう》の笑みを漏らし、クロはふいに胸を押さえる。

「……具合、悪いですか？」

「大丈夫、最近はだいぶ調子がいい」

「でも今日は顔色が悪いです」

「誰かさんがこき使うから疲れてるだけだよ」

「……でもこれからまた忙しくなりますし、やっぱり一度『静香』に診てもらった方がいいんじゃないですか？」

トラの口からこぼれた女性の名前に、クロは少し悩んだあと首を横に振った。

「いいよ、顔をあわせると色々うるさいから……」

「でももし、妖怪の力が今以上に高まったらどうするつもりですか？　姿だって猫ならまだしも、本来の姿に変わったら……」

トラの言葉に、クロは眉根を寄せる。

（そうだ……もし力が抑えられなくなって、和音にあの姿を見られたら……）

頭をよぎった不安に、ドクンと心臓が震える。

「……そうだね。わかった、静香を呼んで」

「そう言われると思って、ホテルで待機してもらっていますよ」

「……むしろ、彼女が勝手に来たから、今無理やり話題に出したんじゃないの？」

「そ、そういうわけでは……」

そこでしどろもどろになるトラに苦笑しながら、クロは大きく伸びをする。

「静香に捕まると長いんだよな……」

「でも終わったら、癒やしがあるでしょう？」

「ああ。今はそれだけが励みだ」

一刻も早く用事を終わらせて、和音の家に帰りたいとクロは思った。

＊＊＊

一日の仕事を終え、着替えをしにロッカールームに向かう。

この後は着替えて帰るだけなのだが、ここ数週間、和音のロッカーにちょっとした変化が起きていた。

（ま、またただ……）

ロッカーを開けると、中には小さな贈り物が入っていた。

『愛を込めて』というメッセージ付きの贈り物が入れられるようになったのは、クロとデートをした翌日からのことで、十中八九犯人は彼だろう。

部外者が入れないロッカールームに侵入するのはもちろん、鍵付きのロッカーを開けられるのは彼くらいしかいない。

同僚たちに見つからないよう中を開けると、入っていたのは髪留めだった。

家にいるときも『君に似合うと思って』と色々なプレゼントをくれるクロだけれど、ロッカーに入っているものに関しては、仕事に使えそうなものが多い。

そのせいか和音の好みでないものがかなりあるが、髪をまとめるのは仕事中だけだし、ちょうどゴムをなくしてしまったところなので、ありがたく使わせてもらうことにする。

(でも本当に、クロは私のこと甘やかしすぎ……。それを、受け入れちゃうのもいけないんだけど……)

和音が自分の恩返しを受ける気になったと判断したのか、こうしたプレゼント攻撃は毎日だし、家にやってきては甲斐甲斐しく和音の世話を焼くのだ。

もちろん和音は断ったけれど、そのたび、『和音の側にいると身体がすごく楽だし、それにこれは俺のわがままだから』と発作の件を出され、うまくはぐらかされてしまう。

そうこうしているうちに彼の世話焼きの度合いはエスカレートし、掃除洗濯などの家事は、和音が寝ているか仕事に行っている間に終わらせてしまうし、クロが仕事で夕方来られないときは、ご飯をあらかじめ用意してくれている。

そして極めつきは、『和音を綺麗にしたい』とお風呂にまで乗り込んでくることだ。

もちろん、そんな恥ずかしいことはできないと、はじめは抵抗した。けれどあれこれと理由をつけられ、つい「一回だけ」と許してしまったのが悪かったのか、以来、「昨日は入れてくれたでしょ？」と、なし崩し的に今に至る。

本当はもっと強く出るべきなのだろうが、彼がしてくれることはすべて自分のためだと思うと、結局最後は折れてしまうのだ。

ホテルのお風呂と違って二人で入るとかなりキツキツなのに、それでも気にせず侵入してきては和音の全身をくまなく洗ってしまう。

それだけでも十分恥ずかしいのに、高確率で淫らな愛撫やキスを毎回されるものだから、最近ではお風呂の時間が近づくにつれ、逃げ出したい気持ちになってしまうのが常だった。

クロのもたらす快楽は不快ではないし、毎日与えられ続けたせいか、身体は彼との行為に確実に馴らされ始めている。

けれど一方で、クロは絶対に服を脱がないし、和音が彼に触れようとすると、さりげなく身を引いてしまう。

行為は常に一方的で、和音が達するとクロは絶対そこでやめてしまうのだ。

（経験はないし、うまくもないと思うけど……私もクロに何かしてあげたいのに……）

中に受け入れるのはまだ少し怖いけれど、自分ばかりが気持ちよくなっているだけでは、彼に申し訳ない。そう考えて、和音は無意識のうちに、スマホのブラウザを立ち上げる。

（いけない、まだここ職場なのに……）

周りに誰もいなかったからよかったが、平然とアダルトな単語を打ち込みそうになっていた自分に、和音は慌てる。

（クロへのお返しは、もうちょっと普通のことにしよう）

そもそも和音に触れさせないということは、彼の方はそういう目で見ていないということかもしれない。

そう思うと胸が苦しくなるが、それならばもっと他に、彼が喜ぶことでお返しをした方がいいだろう。

和音はスマホを鞄にしまい、素早く身支度をした。

外に出ると、凍えるような風が吹き付けてきて慌ててコートの前を止める。

海沿いにあるせいか、冬のこの時期は内陸部よりずっと風を冷たく感じる。

この中を駅まで歩いて帰るのはさすがに辛いので、今日はバスを使おうと和音はホテルの側にあるバス停へと向かう。

遊園地と駅とを往復するシャトルバスは、ピーク時でなければ従業員も使っていいことになっており、バス停には木村やフェイなどの見知った顔も並んでいた。

だが、その最後尾に加わろうとしたとき、何やら言い争う声が聞こえてきた。

驚きながら声の方を見ると、バス停のすぐ側にある手荷物預かり所の辺りで何やらいざこざが起こっているらしい。

（これは、英語……じゃなくて、イタリア語？）

言い争っているのは二組の男女で、ぬいぐるみがどうとか言っている様子だが、早口なのでなかなか聞き取れない。

だが言い争いは次第に白熱してきて、特に男性二人は互いに今にも殴りかかりそうな勢いになっている。

その剣幕に周囲の客たちは驚き、不安そうに見つめているが、奥から出てきたフロントマネージャーが英語で落ち着くように言っても、通じている気配はない。

せめて場所を移動させようと数人がかりで説得に当たっているようだが、やはり梨《なし》の礫《つぶて》で、男性たちは睨み合いを続けたままだ。

『もう、喧嘩しないで……』

そのとき、和音の耳が、小さな子どもの弱々しい声を拾った。

ふと見れば口論する男女はそれぞれ小さな女の子を連れていた。どうやら、彼らはこの子たちの両親らしい。

不安そうな面持ちで両親を見上げる少女たちの泣きそうな顔に、胸が詰まる思いがする。

『すみません』

気がつけば、和音はバスを待つ列から抜け、イタリア語で話しかけていた。

ギッと睨みつけられて鼓動は跳ねるが、震える足を叱咤して、少しずつ彼らとの距離を詰めていく。

『私はこのホテルの者です。何かお手伝いできることはありますか？』

ホテルのフロント係の口調をまねて尋ねると、二組の家族は怒気を含んだ口調で喧嘩の理由を話し始める。

和音もイタリア語はそこまで得意ではないが、それでも大体の理由は察することができた。

どうやら、片方の娘が持っていたぬいぐるみを、もう片方の子が盗んだという誤解が発端らしい。

スーツケースの上に置いてあったぬいぐるみが消えたこと。その側で同じぬいぐるみで遊ぶ女の子がいたことから、片方の両親はそう考えたようだ。

子どもたちの様子、特に盗んだと言われている子の様子からそれはあり得ないだろうと和音は思う。けれど、実際ぬいぐるみはなくなっているため、どのように収めればいいか和音は悩む。

『ひとまず落ち着いて捜しましょう』と言葉をかけたが、もうすぐ空港行きのバスが来るのでそんな時間はないと、睨み合いは止められない。

言葉がわかっても、そもそも相手を落ち着かせる話術がないせいで、せっかく落ち着き始めた雰囲気が再び険悪になっていく。それを悔しく思っていると、突然二人の子どもたちがあっと声を上げた。

『クマちゃん!!』

二人の声に驚いて振り返ると、そこにはなくしたと言っていたぬいぐるみを手にしたクロの姿があった。

それどころか彼はさらに二つほど、猫のぬいぐるみまで手にしている。

『お散歩しているところを見つけたんだけど、君のかな？』

和音よりずっと流暢《りゅうちょう》なイタリア語で告げながら、クロが女の子にクマのぬいぐるみを渡す。

それから一瞬だけ和音を見たクロは、安心してと言うように優しく微笑んだ。

『この風で、遠くに転がってしまっていたようです』

生け垣に引っかかっていたのだと両親にだけ聞こえる声で伝えると、彼らは気まずそうに押し黙る。するとそこで、クロが申し訳ないという顔で頭を下げた。

『すぐに気がつかず、申し訳ございませんでした。無用な誤解をさせてしまったお詫びにこちらを』

そう言って持っていた猫のぬいぐるみをそれぞれの娘たちに渡すと、女の子たちは『猫ちゃん！』と微笑みながら仲良くぬいぐるみ遊びを始めた。

その様子にようやくわだかまりも解けたのか、両親たちは謝罪し合いながら、クロや従業員たちに申し訳なかったと告げている。

そうしているうちに空港行きのバスが到着し、最後は皆笑顔のまま乗り込んでいった。

「ありがとうございます！」

バスが見えなくなった後、クロにそう言って頭を下げたのは何もできずにいたマネージャーたちだった。

それにあわせて和音も慌てて頭を下げると、「お礼ならまずこの子に」とクロに肩を叩かれる。

驚いて頭を上げると、先ほどまでクロに頭を下げていたマネージャーの顔が近くにあり、和音は思わずぎょっとする。

「狭山さんだよね、さっきは本当にありがとう！」

名前を覚えられているとは思っておらず、さらに驚いていると、マネージャーは和音の手をぎゅっと握りしめ、もう一度「ありがとう」と頭を下げた。

「あの、どうして私の名前……」

「スタッフの名前は覚えているよ。それに狭山さん、英語も得意だろ？」

どうしてそんなことも知っているのかと尋ねる間もなく、客室係の間で有名だからと微笑まれる。

先日フェイを助けたように、日本語に難儀している同僚たちの通訳を買って出ていることをどうやら彼は知っていたらしい。

「だから何度か、君を社員にと推《お》していたんだ。その語学力をフロントで活かしてもらえないかなって」

前向きに考えて欲しいと力強く言われ、和音は驚きのあまり言葉をなくす。

自分がフロント業務などできるはずがないと思うのに、動揺しすぎてそれさえ口にできないことが情けなかった。

「突然言われても、彼女を困らせるだけじゃないかな」

そんな様子を見かねてか、助け船を出してくれたのはまたしてもクロだった。

「彼女は勤務時間外のようだし、後日改めて相談した方がいいんじゃないか？　それに、外国語ができるスタッフが足りていないならすぐに募集をかけよう」

クロの言葉にマネージャーはようやく手を放し、和音はほっと息をついたのだった。

＊＊＊

「今夜は和音と一緒に帰るはずだったのにな……」

そんな言葉と共に、どこか疲れた顔でクロが家に帰ってきたのは夜の九時過ぎのことだった。

クロの正体がわかり、恩返しが始まってからもうすぐ三週間になるが、その間ほぼ毎日彼は和音の家にやってきていた。しかも、大抵は和音が帰ってくる前に家にいることが多い。けれど今日はあの騒動の後ホテルの従業員たちに捕まってしまったせいで、珍しく和音より帰りが遅かった。

「疲れたから、お帰りのキスしてくれない？」

「き、キス……」

「もう何度もしてくれてるのに、和音は相変わらず照れ屋だね。そういう君から奪うのも好きだけど」

玄関まで迎えに出た和音の腕をとり、半ば強引に引き寄せるとその唇を奪う。

優しいキスは瞬く間に深くなり、和音はすぐ息をあげてしまった。

「あと、『お風呂にする？　ご飯にする？　それとも私？』ってセリフも聞きたかったな」

「お、お風呂もご飯も、準備したのはクロじゃないですか」

本当はどれも自分でやりたいのに、家事も料理もクロがこなしてしまう。

彼だって忙しいはずなのに、気がつけばその日の夕食は温めるだけの状態でできている。

和音が寝ている間に準備しているのだと前に話していたが、それにしても手際が良すぎる。

「いつも思うんですけど、掃除とか料理をパパッとこなす妖術とかってあるんですか？」

「ないよ。あったとしても、和音に食べてもらうものは自分で作りたいし」

「でも、今日は忙しいって言ってたのに、私が帰ってきたら夕飯の準備はほとんどできてるし……」

「ああ、それはね」

質問に答えてくれると思いきや、クロは再び和音の唇を奪う。

「こうやって和音を気持ちよくさせたあとで、色々してるんだよ。和音いっぱい達《い》くとなかなか起きないから」

「っ……！」

身も蓋もない言い方に、和音は思わず赤面する。

「そんな顔されると本当に襲いたくなるな」

「ま、まだ早い時間だから……だめです」

慌ててクロの腕から逃れると、彼は仕方ないなと言う顔で、肩をすくめる。

「確かに、まずは食事だね。作っておいたご飯、まだ手をつけてないよね？」

「はい、一緒に……食べようと思って……」

「じゃあ先に食べようか。あと今日は和音が色々頑張ってくれたから、ご褒美もあるんだ」

そう言って差し出されたのはケーキで、和音は思わず「あっ」と声を上げる。

「その反応、もしかして和音も買ってきたとか？」

「よくわかりましたね」

「わかるよ、俺は和音マスターだから」

そう言って胸を張るクロに苦笑を返しながらも、能面のような和音の表情から考えをくみとってくれたことが、なんだか嬉しい。

「実はその、さっきのお礼がしたくてコンビニのケーキを買ってきたんです」

「もしかして、『ふわふわクリスマスチョコレートケーキ』？」

「はい。最近あのＣＭが流れるたび、じぃーっと見入ってるから食べたいのかと思って」

クロが好きそうなスナック菓子も買ったと言おうとした直後、彼にがしっと抱き寄せられた。

「和音は、やっぱり俺の女神だ」

「二百円ちょっとのコンビニのスイーツで大げさです……」

日頃クロからもらっているものとは比べるのもおこがましい、ささやかなお礼だ。

「値段は関係ないし、和音が俺のことちゃんと見てくれたのが嬉しいよ。この前もコンビニの唐揚《からあ》げを買ってきてくれたし」

「あれも、クロがＣＭをじっと見てたから……」

さすがに、ホテル王とまで呼ばれるＣＥＯに買ってくるものとしてどうかという自覚はある。

「食べるの楽しみだ」

でもそう言って、和音に寄り添いながら部屋の奥へと入っていくクロは嬉しそうなので、和音の判断は間違っているわけではないのだろう。

それにほっとしていると、クロはケーキを冷蔵庫に入れ、微笑んだ。

「そうだ、今日の夕飯は、昨日の晩から煮込んでおいたビーフストロガノフだよ」

冷蔵庫の扉を閉めると、クロはためらいなくスーツを脱ぎ、ラフな服に着替え始める。

　スーツは最低限しか置いていないけれど、和音の家で過ごすための服や日用品をクロは当たり前のように部屋に置いている。

『今日から、ここに住む』『俺のことは猫だと思って。いい子にするから』なんてことを言い出したのは横浜でのデートの後で、以来クロの荷物は少しずつ増え、気がつけば彼は我が家同然の顔でくつろいでいる。

「あと、前菜は真鯛《まだい》のカルパッチョにしようと思うんだけど、いいかな?」

「もちろんです」

　そう言いつつも、和音はクロの手元を見て不思議に思う。

「それにしてもクロって、ジャンクフードが好きだって言う割に、自分が作るのは洒落たものが多いですよね」

「横文字の料理だと、色々ごまかせちゃうからね。味付け間違えてもそういうものだと思って食べてもらえばいいし。カルパッチョだって、俺の作るものは、買ってきた刺身《さしみ》に手作りのソースをかけてるだけだよ」

「でも、そのソースがすごくおいしいですし」

「そう言ってもらえると嬉しいけど、本当に手間はかかってないんだ。でもカルパッチョって言うとなんかちゃんと料理したみたいでしょう?」

　要するに見栄《みえ》を張りたいんだよと、彼は笑みをこぼす。

「俺、和音にはできる男って思われたいから」

お茶漬けでもカルパッチョでもビーフストロガノフでも、かっこいいクロが作れば何でも素敵に見えそうだが、彼には何かしらのこだわりがあるらしい。

そしてそのこだわりは器具にも及んでいるらしく、今までなかった調味料やら調理器具やらがキッチンには増えている。

狭いワンルーム、それも一口コンロのキッチン台にはすでにのりきらない量になり、気がつけば壁や棚にフックが増設されている有様だ。

それらを器用に使って調理をするクロは和音には少し眩しすぎるくらいだけれど、自分のために腕をふるってくれるのが嬉しくて、つい眺めてしまう。

（それにいつまで、彼がここにいてくれるかもわからないし）

十分すぎるほど恩返しをしてもらったのに、それでも彼がここに通い続ける理由は、和音の側にいると彼の発作の回数が減るからだろう。

でもきっと彼の身体はいつかよくなるだろうし、そうなったら和音の側にいる理由は何もない。

彼女との暮らしをクロは楽しんでくれているようだけれど、彼は和音とでなくてもうまくやっていけそうな人だ。むしろ気の利いたことを何一つ言えない和音は同居人としてつまらないだろうし、いつ物足りなさを覚えてもおかしくない。

もし彼が来なくなってしまったら、きっとこの狭い部屋すら広く感じるようになるのだろうなと、和音はこっそりため息をつく。

おしゃべりは苦手だと思っていたのに、クロと他愛ない話をしながら過ごす時間はとても楽しいし、心地よい。

叶うならこのままずっと彼と穏やかな日々を重ねていきたいと思うが、台所に立つクロの姿を見るたび、この部屋は彼にふさわしい場所ではないと考えてしまうのだ。この目で、彼の完璧な仕事ぶりを見てしまった今は、特にそう思う。

「じっと見てるけど、食事よりもっとキスが欲しい？」

「そ、そんなんじゃないです……」

察しのいいクロに気持ちを悟られないようさりげなく視線を逸らす。

彼のこうした言動にはまだ振り回されてしまうことが多いけれど、それでも毎日彼と会話をしているためか、返事も前よりずっとスムーズに出るようになっていた。

「残念。それじゃあ、ご飯にしようか」

（あれ……）

そしてもう一つ、この三週間で和音が身につけたものがある。

（クロ、なんだか今日ちょっと元気がないかも）

クロは笑顔でいることの方が多いが、それが表面上のものであるかどうかを、和音は見抜けるようになった。

とはいえもともとが捉えどころのない性格だし、何を考えているかまではわからない。けれどすぐ側で一緒にいれば、多少の心の機微は感じ取れるようになるし、少なくとも彼が元気なのかそうでないかくらいはほぼ言い当てられるようになっていた。

（今日はいつもより帰りが遅かったし、疲れてるのかな……。でも、それとも少し違う気がする……）

どこかピリピリしたような空気を纏っている気がして、和音は食卓に着きながらクロの様子を窺う。

彼は和音の向かいに座り、笑顔で料理の説明をしているけれど、いつもの朗《ほが》らかさが欠けている気がして、和音は彼の手を取った。

「やっぱりキスしたい？」

そう言って茶化す笑顔も少し硬い気がして、和音はじっとクロを凝視する。

「えっ、もしかして本当にしたいの？」

「……したら、クロは元気になりますか？」

いつもだったらこんな大胆なことは言わないけれど、彼の様子がおかしいときは別だ。クロの身体を癒やすことが和音に唯一できることだから、その必要があるときはそうしようと決めている。

「ちょっと疲れてるだけだよ、いつもは関わらないアクシデントもあったからね」

「そうだ、あのときは……」

「和音、かっこよかったよ。それに助かった」

「い、いえ……私は何もできなくて……」

声はかけたけれど、結局事態を収拾したのはクロだ。

「そういえば、どうしてあのとき……」

「颯爽《さっそう》と登場できたか？　もちろん和音のことをずっと見てたからだよ」

明らかな嘘に呆れた顔をすると、クロは冗談だと笑った。

「猫並みに耳がいいから、割と早い段階で騒動には気づいたんだ。だから、ぬいぐるみが落ちてそうなところを近くにいたスタッフに捜してもらいつつ、様子を見てたんだよ。従業員たちがどう対応するかを見るチャンスだったし」

「ぬいぐるみといえば、新しい二つはいつ用意したんですか？　あれって、テーマパークの中でしか買えない限定品だった気がするんですけど」

「トラに、コンシェルジュが確保しているぬいぐるみを持ってくるように頼んだんだよ。アクシデントや、急な来賓に備えて、人気のお土産品はテーマパーク側に許可を取って、用意してあるんだ」

そんな裏があったとは知らず、和音は素直に感心する。

もう二年も働いているホテルだけれど、客室係の和音には知り得ない配慮や工夫が色々あるのかもしれない。

「てっきり、妖術でさっと取り寄せたのかと思いました」

「遠くのものを一瞬で移動させるような力はさすがにないよ。それに、前にも言ったかもしれないけど、使えたとしても、妖怪の力はビジネスには持ち込まないって決めてるから」

「じゃあ一瞬で判断して、ぱっと用意させたってことですよね……すごいなぁ……」

しみじみとそう言うと、少し硬かったクロの雰囲気が、柔らかくなった気がした。

顔を上げて見ると、クロは少し驚いたような、けれど嬉しそうな顔で和音を見つめている。

「俺は全然すごくないよ。それに対処の仕方がわかれば、和音にだってすぐできるだろうし」

「私には無理ですよ。咄嗟に何か判断するの、すごく下手で……」

「むしろ判断は速い方だと思うよ？　あの場で和音が声をかけてなかったら、もっと騒ぎが大きくなってたかもしれないし、意外と度胸あるんだなって感心した」

「な、ないですよ……今日も、心臓が壊れるかと思いました」

「でも自分から、あの家族のところに行っただろ？」

「あれはその、泣いてる子どもたちを見ていられなくて……」

それに話を聞いたところで解決できなかったと悔やんでいると、突然クロが立ち上がり、台所へ向かう。

何をするのだろうかと見守っていれば、クロはデザートにと取っておいたケーキを冷蔵庫から取り出し、和音の前に置いた。

「あそこで和音が話を聞いてくれたおかげで、ぬいぐるみが間に合ったんだよ。風で転がったやつは植木に引っかかっててなかなか取れないし、トラはめちゃくちゃ足が遅いから内心ハラハラしてたんだ」

だからご褒美……と、クロはケーキの箱を開ける。

「頑張った和音は、ケーキ二個食べていいことにしよう。何だったら、ご飯の前に食べてもいいよ」

軽い口調に、以前猫のクロに芸をねだり『お手ができたらご飯の前におやつをあげよう』と言ってしまったことを思い出す。

「また、からかってます……？」

「ご飯の前は半分冗談だけど、和音が食べたいならそれでもいいよ。ご飯の前にケーキってちょっとしたご褒美感あるし」

「デザートはご飯の後の方が好きです。あとむしろ、ご褒美ならクロがもらうべきです。先に食べるのが好きなら一個でも二個でもいっちゃいましょう」

そう言ってクロの分のケーキを取り出すと、彼は小さく吹き出した。

「二個ももらうようなことはしてないよ。和音のいないところでは、仕事も割と適当だしね」

俺は不真面目だよとクロは笑うが、和音にはそうは見えない。

「不真面目に仕事をする人だったら、あの家族が笑顔で帰れることはなかったと思います。それにクロ、あの家族を見送ったとき、すごく生き生きしていたし」

「俺が？」

「はい、なんだか雰囲気がすごく柔らかくて……。あとスマートだったし、格好よかったです」

「まあ確かに、書類に目を通すだけの仕事より表に出る方が好きかもしれないな。若い頃、猫羽とは別のホテルで接客のアルバイトをしてたことがあるんだけど、あの頃が一番楽しかった」

少し遠い目をして、彼はふっとどこか寂しげな笑みをこぼす。

「でも本当に、今は不真面目なCEOだよ」

茶化すように微笑んで、クロは「でもせっかくだからご褒美もらうね」と和音の買ってきたケーキをフォークで切り分け口に運んだ。

「むしろ、和音の真面目さを見て、反省するばかりだよ」

「私は普通に仕事してるだけですよ」

「あれが普通だったら、他の客室係の立場がないよ。丁寧な上にあれだけの速さで清掃を終わらせられるのは、もちろん才能もあるだろうけど、普段の努力の賜物だ」

お世辞ではなく本当に感心していると言われ、和音は照れくさくなる。

「まるで、時間を計ってたような言い方ですね」

「実際計ったからね」

「えっ、いつ……!?」

「まだ和音の猫として飼われていた頃かな？　君のことは何でも知りたいと思って、その頃から色々と調べてたんだ」

微笑むクロに、和音もさすがに少し呆れる。

「ストーカーと勘違いされる理由が改めてわかりました」

「自分でもやりすぎかなとは思ったんだけど、君の素晴らしい仕事ぶりを見ていたら、上司として気になっちゃって」

気がついたら、スマホのストップウォッチで計っていたのだと、クロは苦笑する。

「こっそり見てたことは謝るけど、感心してたのは本当だよ。客室係は目立つ仕事じゃないし、誰に褒められるわけでもない。それなのに、君はいつも完璧に仕事をこなしていた」

「……だって、客室はこのホテルの中でお客様が一番長くいる場所ですし、綺麗な方が心地よいに決まってますから」

特にシーサイドホテルは、テーマパーク目当ての客がほとんどだ。

だからこそ、楽しく遊んだ一日をより素敵なものにするために、最後まで気持ちよく過ごせるようにと思い、和音はいつも仕事をしている。

（それにパートだとしても、やっぱり半端な仕事はしたくないし……）

あのホテルは自分にとっては二年も勤めている大事な職場だから、手を抜いて評判を落とすようなことは絶対したくない。

それにクロがCEOとわかってからは、少しでも彼に恩返しができるようにと、今まで以上に力をいれて仕事をしている。

（もしかしたら、今日喧嘩の仲裁に入れたのもクロのおかげかも……）

日頃、彼にはしてもらうばかりで、自分からは何一つ返せていない。それならせめて仕事で彼と彼のホテルに報いようと思い始めていた気持ちが、自然と自分を奮い立たせたのかもしれない。

「君が望むなら、『命を助けてくれた恩返しに俺が養うよ』って言うつもりだったんだけど、今日のことや日頃の仕事ぶりを考えたら言えないなぁ」

大きな損失だとクロが断言するので、和音は嬉しさを感じつつ赤面する。

「か、勝手に決めないでください！　今でさえ色々お世話になりっぱなしで心苦しいのに」

「ご飯作ったり掃除したりしてるだけだよ」

「プレゼントだってもらってますし……」

「あんなの微々たるものじゃないか。和音、俺が超がつくほどの金持ちだってわかってる？」

「お金があるからって、好き勝手使えるわけじゃないでしょう……」

今日だってケーキを四つも買ってきてもらったしとため息をつくと、クロは楽しげな顔で和音をじっと見つめた。

「その顔、本当にいいな」

「その顔？」

「プレゼントを本気で嫌がる顔、すごく好きなんだ」

「い、嫌がる顔って……」

クロはSなのだろうか、それとも疲れのせいで目がおかしくなっているのだろうかと、和音はつい怪訝な顔をしてしまう。

「それにすごく新鮮。そういう顔する子、俺の周りにはいなかったし」

「遠慮するのは、普通のことだと思いますけど」

「でも今まで出会ってきた女の子は全員、俺の金と身体が目当てだったし、何か贈らないとすぐ機嫌が悪くなったよ」

その言葉で、クロの価値観がずれている理由が、今更ながらわかった気がした。

「そうじゃない女性はいっぱいいますよ」

「和音もそうなんだね」

「正直、私をお金でどうにかできると思われていたことに若干傷つきます」

「ごめん。でも俺、そういう人しか知らなかったから……だから余計に君のこと知りたいって思うのかな？」

真面目な顔でそう言われると、なぜか妙に照れくさい。

「ともかく、過度な親切はいりません。家事だって毎日しなくていいし、そもそもここに毎日来ることないし、今日みたいに疲れている日はだらだらしてたっていいし」

「疲れてなんて……」

「嘘、つかないでください」

いつもより少しだけ強めの口調で言えば、クロはばつが悪そうな顔でフォークの先端を咥えた。

「まあ、少しだけね……」

「そういうときは、ご飯だって私が作ります。そもそも私の家なんだからご飯は私が作るべきだし、クロはもっとだらだらしててください」

「それじゃあ、猫みたいじゃないか」

「猫になるって言い出したのはクロじゃないですか。だから、そうしてください。仕事も完璧で、家でも完璧だったら絶対疲れちゃいます」

「でも和音の前では完璧でいたいんだ。捨てられたくないし」

「完璧じゃないからって、捨てませんよ。それに恩返しの件だって、やるなとは言いませんけど、ほどほどにしましょう」

「恩返しもせず、だらだらなんて……俺のいる意味あるかな……」

「あります！　だって私、こうやって一緒に食事できるだけで、すごく幸せですし……」

帰宅後に他愛ない話をしたり、一緒にテレビを見たり、そういうことだって十分楽しいと言いかけて、和音は急に恥ずかしくなる。

（何かこれ、クロのこと好きって言ってるみたい……）

「ねえ、今何想像したの？」

もちろんクロは和音の変化にめざとく気づき、赤くなった頬をつついてくる。

「あ、エッチなこと考えた？　そういうのができればいいなとか」

「ちっ、違います……！　私はただ、一緒にいられたらそれでいいって思っただけで……！」

思わずこぼれた言葉にはっと息をのむと、クロもまた目を瞠っている。

「と、とにかくエッチなことは考えてないです……」

そしていい加減食事に戻りましょうと、和音はクロが用意してくれた料理を口に運ぶ。けれど先ほどの失言がまだ恥ずかしくて、せっかくの味も今はわからない。それでも残すのは勿体なくて無心で食べていると、突然クロが和音の身体を抱き寄せた。

「……し、シチューがこぼれちゃいます」

「ごめん、でも今のは和音が悪い」

「な、なんで……」

「シチューより、和音を食べたくなるようなこと言うから」

甘い声できわどい言葉をかけられたことは何度もあったけれど、今のクロの表情は、いつもとはまるで違っていた。

情欲に濡れた瞳は和音をとらえたまま離れず、いつも涼しげな笑みをたたえている目元は苦しげに歪んでいる。

「なんで和音は、俺の身体とお金にメロメロになるタイプじゃないんだろう」

「そ、そっちの方が……よかったんですか？」

「だって俺にはそれしかない」

言いながら、クロは和音の髪に頬を寄せた。

「それは和音の欲しいものじゃないってわかってる。……でも代わりに何を差し出せば俺を求めてくれるのかわからないし、ずっと我慢してたんだ」

「対価なんて、いらないです」

「そういうこと言われると、本気で箍《たが》が外れそう」

色欲を感じさせる声音に、和音は僅かに息をのむ。

毎晩のようにクロと淫らな触れ合いをしてきたけれど、そのときでさえ彼は余裕に満ちあふれていた。それはつまり、和音には性的な魅力がなく、彼にとっては奉仕の気持ちしかないのだと思っていたけれど、今にも食らいつきそうな彼の表情を見る限り、興味がなかったわけではないらしい。

（少なくとも、私はそういう対象に、なれるのかな……）

性欲を感じる対象として見てもらえたことに、少なからず喜んでいる自分に気づいて、和音は思わず動揺する。

「ご飯もケーキもあとにしよう」

「えっ、でも……」

「その顔は、君を食べていいって合図だろう？　だったら、俺はそのチャンスを逃したくない」

言うなり深く口づけられ、畳の上に押し倒される。

急速に深まるキスに戸惑いつつも、すでに身体はクロに触れられることに喜んでしまっていた。

だがそのとき、側に置いてあったクロのスマホが鳴り始める。

「……クロ」

「無視しよう」

「でも仕事だったら……」

「だとしても、ここは『仕事より、私を優先して』って甘えるところだよ」

「い、言えませんそんなこと……」

もちろんキスの続きを求める気持ちはあるけれど、いつまで経っても鳴り止まないスマホの音を聞きながら行為に及べるほど、和音はこの手のことに慣れているわけではない。

そしてそれをクロも気づいているのか、彼は忌々しそうにため息をこぼした。

「……五分だけ待って」

「五分じゃなくても……」

「無理、俺が待てない」

スマホを摑み、クロはふっと表情を仕事モードに切りかえた。

それから和音と僅かに距離を取り、彼は真面目な顔で電話越しに会話を始める。

相手はどうやらトラのようだが、何か問題でも起きたのか、そのやりとりはいつも以上に真剣だった。

「ああ、客にも従業員にも被害はないんだな……。ああ、わかった確認しよう」

スマホを手に、クロは部屋の隅に置かれた鞄から小型のノートパソコンを取り出した。

彼が仕事をしやすいよう食卓の上を空けると、上目遣いにクロが微笑む。

それだけのことに胸が大きく跳ねて、和音は慌てて彼から視線を逸らした。

彼の笑顔は見慣れているはずなのに、仕事に向かう真剣な顔とあわせるとなんだか妙にかっこよく見えるから不思議だ。

(不真面目なんて言ってるけど、やっぱり嘘じゃない)

会話をしながらパソコンに目を向ける彼の表情は、とても適当には見えない。

クロの邪魔をしたくなくて、和音は彼が仕事をしやすいよう食卓の皿をまとめていく。

それから、彼に妨害されないうちに洗いものをしてしまおうと立ち上がったとき、彼に背後から抱きしめられた。

「和音、ごめん……」

彼らしくない、やけに落ち込んだ声だった。背中にかかるクロの重みで、和音は僅かにふらつく。

「五分じゃ済まなくなった……。トラブルが起こったから一度本社に行かないと」

「大丈夫ですか？　急いでるなら、タクシーを呼びましょうか？」

「和音、全然がっかりしてないね」

「だ、だってトラブルって言うし、仕方ないかなって……」

正直なところ、少しだけほっとしていた。

先ほど見たクロの表情は、思い出しただけでも鼓動が速くなるほどの色気に満ちていたし、彼に本気で抱かれてしまったらいったいどうなってしまうのかと怖い気持ちも少なからずあったからだ。

けれど一方で、これまで自分との間に線を引いていた彼がそれを超えようとしてくれているのなら、受け入れたいという気持ちがあるのも確かだ。

「逃げたりしない？」

「に、逃げません。それに明日から連休ですし、ずっと家にいるつもりなので」

「じゃあなるべく早く帰ってくるから、そうしたら続きをしようか」

言うなり、クロは和音の身体を反転させ、その唇を奪った。

「は、早く支度しないと……」

「わかってる。あと、トラがすぐ近くまで迎えに来るから、タクシーは大丈夫」

「じゃ、じゃあスーツだけ取ってきます」

その場にいたらもっと甘いことまでされそうだったので、和音はスーツの上着を居間へ取りにいく。

（あれ……）

ハンガーから外したスーツが型崩れしないようにそっと持ち直したとき、クロのスーツから甘い不思議な匂いがすることに気がついた。

（これ、香水かしら……）

しかしクロは普段香水をつけていない。いつだったか、嗅覚が人より優れているので香水は苦手なのだと本人が言っていたから、こんなにも強くスーツに残っていることに、和音は違和感を覚える。

（誰かと一緒にいたのかな……）

頭をよぎったのはプレイボーイという言葉と彼の女性関係を紹介する記事だった。

（まだ、そういう関係の人……いるのかな）

思えば、彼の女性関係について立ち入ったことは聞いていない。

自分のもとに入り浸っている時点で恋人はいなさそうだけれど、性交渉にさほどためらいがないクロのことを思えば、身体だけの女性がいてもおかしくない気がする。

彼が和音を求めてきたのは今日が初めてだし、それまでの間どこで発散していたのかと考えると、和音の気持ちは暗くなる。

「……どうしたの？」

物思いにふけっていた和音に、クロが微笑みながら近づいてくる。

いつもと同じ、穏やかなその表情を見ているとほっとする反面、この笑顔に心惹かれるのは自分だけではないのだと思うと、少し胸が苦しい。

「いえ、何でもありません」

この胸の痛みを気取られてはいけない気がして、和音はいつも以上の笑顔を心がけながら、クロにスーツを手渡した。

第六章

結局その夜、クロは帰ってこなかった。

以降連絡はなく、彼が急いで出て行った理由を和音が知ったのは翌朝のニュースだった。

『××で大規模なデモが発生。日系企業が運営するホテルに被害も』

赤字の見出しに慌ててテレビを注視すれば、猫羽リゾートが経営する海外のホテルが映し出されていた。

労働環境を巡って大規模なデモが起きたのはホテルから少し離れた場所で、デモ隊と警官隊が衝突し、乱闘に発展したらしい。

その後、怪我人がホテルのロビーに駆け込み一時騒然としたという内容を、ニュースキャスターが伝えていた。

見出しには大きく「被害」とあったが、乱闘の影響で窓のガラスが割れたものの、客やスタッフに怪我はなかったようだ。

（これは、しばらく対応に追われるだろうな……）

そして案の定、お昼頃にはいくつかのニュース番組がデモの件を取り上げクロに囲み取材している映像が流れていた。

画面越しに見るクロの姿は隙のない完璧なもので、冷静に現状を認識し、伝えるべきところをきちんと伝えていた。

けれど、その顔には疲労の色が滲んでいるように思え、少し心配になる。

（昨日は夕飯もほとんど食べずに出て行ったくらいだし、きっとちゃんと休めてないよね……）

だとしたらきっと彼は疲れ果てて帰ってくるだろうし、そのとき少しでも休息が取れるようにと、和音は彼が好きな料理を作っておこうと思い立つ。

（今日は休みだし、買い物や掃除もしておこう。そうすればしばらくはクロの手を煩わせることもないし）

どちらも小さなことではあるし、そもそも自分がすべきことだけれど、和音が今彼のためにできることはそれくらいしか思いつかなかった。

だから和音はいつになく丹念に部屋を掃除し、たまっていた洗濯物を片づけることにした。

隅から隅まできっちり掃除機をかけ、洗面所やトイレなども、ホテルの客室を掃除するぐらい丁寧に磨き上げる。

（ここまで綺麗にすれば、しばらくは掃除しなくていいよね……）

それから和音は食料とクロが好きな菓子を買いにスーパーへと出かけた。

昨日のビーフストロガノフがまだ残っているが、せっかくならば何かもう一品作ろうと、和音は食材を買い込む。彼がいつ家に帰ってくるかわからないけれど、戻ってきたときのため、彼の好きな料理を作っておきたかったのだ。

手早く買い物を済ませると、自分の料理をクロは喜んでくれるだろうかと想像しながら、和音は家へと戻った。

すると、家の前に見覚えのある黒塗りの高級車が停まっていた。

（もしかして、もう帰ってきたの？）

慌ててアパートの階段を駆け上がり、部屋の前に到着してすぐさま鍵を差し込むと、すでに鍵は開いていた。クロが先に部屋にいるときはいつも鍵が開いているので、やはり先を越されてしまったらしい。

（色々準備するつもりだったのに……）

扉を開け、和音は「おかえり」と声をかける。しかしクロの姿は見えず、代わりに玄関には大きな箱が一つ、置かれていた。

箱には、いつもロッカーに置かれている贈り物と同じメッセージカードが添えられている。『これを身につけて待っていて』と書かれたそれを手に、和音は今一度部屋の中を窺うが、クロが出てくる気配はない。

（もしかして、忙しい中これだけを置きに来たのかしら）

外に出て、アパートの前を覗き込んでみると車はなくなっている。鍵をかけ忘れたまま出て行ったことを思うと、かなり急いでいたのだろう。

（会社が大変なときに、私のことをここまで気にする必要ないのに……）

そう思いつつも、せっかくの気持ちを受け取らないのも悪い気がして、和音は箱を開けてみる。

「えっ……」

けれど箱の中に入っていたものを見て、和音は唖然とした。

なんとそこにあったのは大きなダイヤモンドがついたネックレスだったのだ。

値札はついていないが高価であることは間違いなく、それが箱の中にぽんと入っていたものだから、ネックレスを取り上げた手が僅かに震えてしまう。

（高い贈り物はいらないって言ったのに、やっぱり伝わってなかったのかな……）

大きなため息をつき、和音はそっとネックレスを取り出す。

だがさらに驚いたのは、その下に入っていた袋の中身だった。

（こ、これをつけてって……クロ……本気なのかしら……）

袋の中に入っていたのは、きわどいデザインのランジェリーとネグリジェだったのだ。

ガーターベルトのついた黒いレースのショーツとブラジャーは布地がほとんどないし、ネグリジェは肌が透ける薄さで、丈もかなり短い。

（クロは、こういうのが好き……なのかな……）

こんなセクシーな下着が自分に似合うとは思えないけれど、それでもクロが好きだと言うなら恥ずかしくても着てみるべきではないかと和音は悩む。

見るからに高そうなネックレスの方は、身に着けるのはもちろん受け取るのも忍びなく、どちらも突き返すのはさすがに失礼だろう。

となれば下着かネックレスのどちらか片方だけでも装着するべきだが、どちらを選ぶかは和音にとって究極の選択に思えた。

（やっぱり下着かな……。服で隠せば見えないし、ダイヤは恐ろしくて受け取れない……）

ひとまずネックレスはなくさないよう大きな箱の一番奥にしまい、和音は下着とネグリジェだけを取り出す。

改めて見てみると、やはりきわどいデザインで、機能性は二の次だ。いやそもそも、この手の下着に求められているのは、男を煽る機能なのだろう。

それでも大胆すぎる気がしたし、このデザインはクロの趣味とも少し違う感じがしたけれど、とりあえずつけてみようと和音は覚悟を決めた。

ガーターベルトは着けるのも初めてだし、クロの前でもたもた着替えるのも情けない。ならば練習を兼ねて着てみようと、鏡台の前でおずおずと服を脱ぐ。

手に取ってみるとショーツやブラジャーからはなじみのない不思議な香りがしていた。

香水のような甘い匂いはどこかエロティックで、その香りを嗅ぎながら服を脱ぎ、下着を身につけるだけでなんだか行為のときのようにドキドキしてしまう。

（でもやっぱり、これはちょっと恥ずかしい……）

下着だけでは心許ないのでネグリジェも着てみたが、淫らな雰囲気は増すばかりだ。

（やっぱり、私には不釣り合いよね……。そもそも最後までしたこともないのに、いきなりこんな格好するなんて、変な気も……）

今更のように冷静になるが、一方で、鏡に映る自分の姿を見ていると妙に鼓動が速くなり、足下が覚束《おぼつか》ない不思議な感覚に包まれる。

（それに、なんだか胸の先とあそこが、ピリピリする……）

下着の布地と擦れる敏感な箇所がじんわり熱くなり、和音は驚きと恥じらいに頬を染めた。

自身の身体に起きた変化は、クロに触れられたときと似ていた。

自分は、はしたない格好をするだけで感じてしまうような変態だったのだろうかと戸惑うが、一方で身体の変化には妙な違和感もあった。

（何だろう、息も……苦しい……）

全身が焼かれたように熱くなり、こぼれる吐息にも熱が混じる。

触れてもいないのに疼く身体を支え続けることもできなくて、和音は思わずしゃがみ込んだ。

（熱でも、あるのかな……）

だとしたらこんな格好をしていたらだめだ、着替えないと、と思った瞬間、突然玄関のドアが開く音がした。

「ただいま和音。ねえ、今誰か来てた……？」

どこか不安そうな声と共に、足音が近づいてくる。それにフラフラとしながら顔をあげ、和音は絶句する。

「……それ、どうしたの……」

そこにいたのはしばらく帰ってこないとばかり思っていたクロだった。彼は和音の姿を見てひどく驚いていた。

試着をしていたと言うのは恥ずかしくて、和音は言葉に詰まる。

普段なら、和音が落ち着くまで待ってくれるクロなのに、今の彼は珍しく焦った顔で和音の肩を摑んだ。

「その格好、いったいどうしたの」

「く、クロが……」

「俺？　俺が何？」

怒気の籠もった声に、和音の身体が無意識に震える。

何かおかしいとそこでようやく気づいたけれど、熱のせいかぼんやりして、頭がまともに働かない。

「もらったから……着ただけで……」

「もらった？　誰から？」

尋ねながら、クロは引き起こした和音の胸に顔を近づけ、大きく呟き込んだ。

「これは……香水？　でもそれだけじゃない……」

ネグリジェの裾《すそ》を手に取りもう一度匂いを嗅いだところで、クロの表情が強ばった。

「部屋の扉を開けた瞬間、このネグリジェについてるのと同じ、男の臭いがした……。ああ、くそっ……イライラする、何だこの臭い、抑えられない」

クロは、頭を押さえながらブツブツと独り言を漏らす。後半はよく聞き取れなかったけれど、彼が苛立《いらだ》っているのに気づいた和音は小さく息をのむ。

「ねえ、これを和音に着せたのは、誰？」

静かな問いかけに、和音は答えることができなかった。

（誰って……これは私が自分で……）

そうは思っても言葉がうまく出てこない。そんな和音の反応に、クロの眼差しはは鋭さを増していく。

「言えないなら、無理やり話してもらう」

「しらな……」

クロは、乱暴に和音の腕を引き、寝室に向かうと、そのままの勢いでベッドに押し倒した。

「ベッドにも同じ臭いが付いてるのに、何もないわけないだろう……！」

彼らしくない荒々しさに、和音は初めて彼に対して恐怖を覚えた。クロは何かを堪えるように歯を食いしばり、側に置いてあった枕を払い飛ばす。

「クロ……」

「っ……そんな声で、俺を呼ぶな……！」

乱暴な声と共に、クロがマットレスに拳を叩き付ける。ベッドをきしませるほどの力に慄《おのの》くが、彼の荒々しさが治まる様子はない。

「俺にはずっと我慢させておいて、いったい誰に許したんだ」

「許…す……？」

「その身体だよ……。こんなに熱を帯びて、すっかり欲情してるじゃないか」

何かを確認するように、クロが和音の首筋に手を這わせる。

そんなわけがないと言いたかったけれど、確かに和音の身体はおかしかった。

クロの豹変に和音は恐怖さえ覚えているのに、冷えるどころか、いつまで経っても身体の火照りは治まらない。切ない疼きも、大きくなっていくばかりだった。

「ようやく受け入れてもらえると、君を俺のものにできると思っていたのに……なんでこのタイミングで……」

「クロ、落ち着いて……」

「男の臭いをつけて、肌を赤らめてる君を前にして、落ち着けなんてよく言えるね」

冷たい声でそう言うと、クロは和音の上に馬乗りになったまま、乱暴に上着を脱ぎ、ネクタイを緩める。

「君は特別だと思ってたのに……。でも、それならもういいよね……」

言葉の意味を尋ねるより早く、乱暴なキスが和音の口を塞《ふさ》ぐ。

「続きをしようって約束しただろう？」

優しさのない激しいだけのキスに翻弄され、和音は状況が理解できないまま、身体を熱くする。

「どこまで許したかは身体に聞くよ。和音はおしゃべりが苦手だし」

「違う……誰にも……」

「嘘つき」

僅かな衝撃と布地の破ける音がして、纏っていたネグリジェの前が裂《さ》けていく。

「やめて……お願い……」

「悪いけど、もう限界。もう耐えられない。頭がぐちゃぐちゃだ」

そう言って大きくため息をつくと、クロは金色の目で和音をじっと見つめた。

「君が俺をどう思っていようが、君を抱く。他の男の臭いなんて消してやる」

いつもよりずっと濃い金の瞳に見つめられた瞬間、和音の中にあった疑問や恐怖は消え去った。

（クロは本気なんだ……）

彼の焦りと劣情は恐ろしいもののはずなのに、なぜか、金色に輝く彼の目を見ていると、抵抗する気持ちは消え去っていく。

「脚を開いて」

「……は、い……」

クロが僅かに身を引くと、和音は言われるがまま脚を開く。

「もう濡れてる……俺が来る直前までお楽しみだった？」

「そんなことしてない……」

和音はぼんやりした思考のまま、か細い声で答えた。

いつもの優しいクロとはまるで違う、怒りと失望と欲情とがない交ぜになった表情で、彼は和音の股を開き、ショーツを破り捨てると、濡れた蜜壺にゆっくりと唇を寄せる。

「んっ……あぅっ……」

これまでも舌で襞を舐められることはあったけれど、クロのやり方はいつも優しくて、気遣いに溢れていた。

けれど、今の彼は乱暴で、性急で、そこには優しさのかけらもない。

しかし、襞の間に深く舌を差し入れられ、和音の弱点を刺激されると、身体だけでなく心も、快楽の波に攫われそうになる。

シーツを握りしめ、身体を弛緩させながら喘ぐ和音の秘所は、クロの唾液と溢れた蜜が混じり合い、ひくついている。それをじっと見つめたあと、ようやくクロが舌を離した。

「もう、準備はできてるみたいだね」

腰をびくびくと揺らしながら喘ぐ和音の前で、クロはどこか悲しげに言うと、ベルトを緩め己の欲望を取り出した。

そしてためらうことなく、猛る肉棒を和音の蜜口へとあてがう。

「あっ……」

そこでようやく恐怖が戻ってきたが、それもすぐさまクロの金色の瞳がかき消してしまう。和音の中に微かに残る冷静な部分が、これは妖術だと感じていた。

「和音は俺のものだ。誰にも渡さない」

恐ろしいと思っているのに、身体はさらに熱を持ち、蜜をこぼしながら歓喜する。

「ああっ、いや……ッ、あああっ！」

直後、クロの肉棒が隘路を強引に押し広げ、和音は背中をしならせながら圧迫感に身悶えた。

「毎日慣らしてきたつもりだけど、さすがに狭いね……。初めてって言うのはほんとみたいだ」

彼はほっとしたように呟くが、やめるつもりはないようだった。

ためらいのない手つきで和音の腰を引き寄せ、ぐいぐいと熱の塊《かたまり》を奥へ奥へと埋め込んでいく。

「ん……あ…」

途中、裂かれるような痛みを感じて息が詰まるが、その痛みは次第にむず痒《がゆ》さを伴う愉悦へと変わっていく。

ズブズブと音をたてながら彼のすべてを呑み込んだ頃には、和音の身体はさらなる刺激を求めるように震えていた。

「……わかる？　全部入ったよ」

「全部……」

「俺のすべてを呑み込んで、和音の奥が震えてる」

「あうっ……ああ……」

「こんなに喜んでくれるなら、もっと早くこうすればよかった」

そのまま乱暴に腰を摑んで揺さぶられると、和音は身体を弛緩させせながら喘ぐことしかできない。

固く膨らんだクロの先端に中を抉られると、噎《むせ》び泣くほど気持ちいいのに、和音の中はそれでもまだ足りないとでも言うように、クロをきつく締め上げる。

「和音は奥が感じるんだね」

「あっ……そこ……」

「そんなに締め付けなくても大丈夫だよ。和音を離す気はないから」

打擲音《ちょうちゃくおん》を響かせながら何度も中を抉られ、和音は恍惚《こうこつ》とした表情を浮かべる。

「他の男に興味を持つ気が起こらないくらい、気持ちよくしてあげる」

言葉と共にさらに激しく腰を穿たれると、和音はあっという間に昇りつめて、立て続けに達してしまう。

だが、それでもまだクロは解放してくれない。

「次は、後ろから」

「んっ、それ……だめ……」

クロと繋がったまま身体を反転させられ、獣《けもの》のようなポーズをとらされる。先ほどとは違う角度から突き上げられ、和音はあまりの激しさに泣きながら喘いだ。

（どうして……）

クロの瞳が見えなくなったことで妖術の効果が薄れたのか、和音は身体を支配する気持ちよさとは裏腹に、言いようのない寂しさを感じ始めていた。

クロと身体を繋げることができたら、彼の心にもっと近づける気がしていた。

だからこそ、勇気を持って一歩踏み出そうとしていたのに、今はむしろ彼をひどく遠くに感じる。

「んっ、アアッ……！」

中に感じる熱はクロのものなのに、淫らな蜜が二人を溶け合わせていくのに、一つになった感覚がまるでない。

「ク……ロ……」

「和音……」

名前を呼び合っても、まるで壁に話しかけているようなむなしさを感じるばかりで、和音の心は冷えていく。

その一方で、クロの剛直は和音の中で存在感を増していき、媚肉を押し広げながら和音の中を埋めていく。

「……ダメだ」

けれど次の瞬間、クロは屹立したままの自身を乱暴に引き抜くと、和音の身体をぐっと遠ざけた。

その勢いで頽《くずお》れた身体は達したばかりで力が入らなかったが、必死に頭だけを動かせば、クロがベッドを出て行こうとしているのが見えた。

「なんで、こんなときに……」

ひどく苦しげな声を残したまま、クロは倒れ込むように床へ下りる。

「クロ……？」

和音を縛っていた妖術が消え、彼女は完全に心を取り戻す。

まだ少し酔ったような感覚もするが、それでも先ほどよりは頭がはっきりとしていた。

「だ、大丈夫ですか……？」

「……来るな」

「でも……」

「来るな!!　見ないでくれ!!」

和音を近づけまいとするように払われたクロの腕を見て、和音は思わず目を瞠った。

彼の手は長い毛で覆われていて、指先には長く鋭い爪が生えていた。

振り払われた拍子に、彼の指が和音の頬に触れた瞬間、チリッとした熱と痛みに悲鳴を上げかける。驚いて頬に触れると、指先には血がついていた。

その切れ味の良さに驚いていると、部屋に苦しげな絶叫が響き、ハッと我に返る。

「クロっ……!」

もう一度彼の方へと目を向けると、彼がいたはずの場所には、得体の知れない何かがいた。

長い毛に覆われた巨大なそれは、見たことのない生き物だった。

トラでもライオンでもなく、巨大なヒョウに近いかもしれない。けれどヒョウにしては身体が大きい。いずれにしても、人には決して懐かない獰猛《どうもう》な雰囲気があった。

(でもこれって……)

苦しげにうめき、床に長い爪を立てているこの獣はクロに違いない。

もはや人の言葉すら発していないが、彼に何か異変があったのは明白で、和音は戸惑いながらも彼の側へ近づいていく。

『来るな』とでも言うように、金色の瞳が鋭く細められ、唸り声が上がる。

けれど妖術を使う余裕もないのか、和音の行動が制限されることはなかった。

だが、苦しむ彼を前にして、和音ができることは何もない。

（でもこのままになんてできない……）

和音はクロに寄り添うと、うめく彼の頭に手をのせた。

「どこが痛みますか、それとも苦しいですか……？」

猫のクロを看病していたときのように、優しく撫でながら問いかけると、クロの耳がびくりと揺れる。

それから彼は大きな頭をゆっくりと持ち上げ、和音を見た。

獣の顔であることには変わりはなかったが、動揺に揺れる金色の瞳から鋭さは抜けている。

それにほっとして頭を撫でていると、クロは側に落ちていたジャケットを咥え、僅かに身体を持ち上げた。

彼はそれを器用に和音の肩にかけると、力尽きたように、和音の側でぐったりと横になる。

（こんなときでも、この人は……）

上着を掛けてくれたのは自分のためだとすぐにわかり、なんだか泣きそうな気持ちになる。

同時に、こんなに優しいクロがなぜあんなふうに豹変したのかわからない。

激昂した彼は、明らかに普通ではなかった。

どんなときでも冷静で、余裕に溢れていた彼らしくない。どうしてそれほどまでに取り乱していたのかと悩むが、そのきっかけを和音はどうしても思い出せなかった。

(もしかして、妖術の酔いがまだ残ってるのかしら……)

だから思い出せないのだろうかと頭を押さえると、側のクロが苦しげに痙攣し、床に爪を立てる。

(今は、何よりもまずクロのことをどうにかしないと)

どうすればいいのかと考えたとき、ふと浮かんだのはトラのことだった。

彼ならばこういうときの対処法を知っている気がして、和音はクロのスーツのポケットをあさり彼のスマホを取り出した。

「あっ……」

そのとき、タイミングよくスマホが鳴り出した。相手はまさにトラだったので、和音はすぐさま通話ボタンを押す。

「和音です、トラさんですか?」

勢いよくしゃべり出した和音に、電話の向こうでトラが一瞬、言葉に詰まったのがわかった。

『もしかして、兄さんに何か……?』

「わからないんです。ただ苦しそうで、大きな獣の姿になってしまって」

『ああやっぱり……! ここ数日体調が悪そうだったから、まずいと思ってたんだ

『……！』

兄さんと話せますか？　と言われ、和音はクロの方を振り向く。

会話は聞こえていたらしく、彼は和音をじっと見つめていた。先ほどよりは落ち着いたようだが、スマホを向けると、彼は静かに首を横に振った。

「無理そうです。今は言葉もしゃべれないみたいで……」

『言葉まで失うなんて、初めてだ』

「それに、苦しそうで……」

『人から妖怪の姿になると身体に負荷がかかるんです。できるだけ、安静にさせてください……』

「苦しみを和らげる方法は、何かありますか？」

『残念ながら我々ではどうすることもできません。……ただ妖怪の力を鎮められる人がいるので、そこに連れて行くしかないかと』

トラは、とにかく今すぐそちらに向かいますと言い、電話を切った。

「すぐ来てくれるそうです」

何もできない自分を不甲斐なく思うが、今は落ち込んでいる場合ではないと気を取り直してクロに声をかけると、彼はゆっくりと頭を持ち上げた。

「動いちゃだめです」

叱るように告げると、クロは少し悩んでから身体をひねり、和音の膝の側に頭を置く。

普段なら、どんなに体調が悪くても和音が撫でればクロは楽になっているようだった。

けれど今はいくら撫でても彼の様子は変わらず、むしろ時間が経つにつれ苦しげな息が大きくなるばかりだ。

(私じゃ、もう駄目なんだ……)

そう思って手を止めると、クロが浅く息を吐きながら、上目遣いにそっと和音を見上げた。

何かを悔やむようなその瞳を見ていられなくて、和音は彼の目を覆った。

「眠れるなら眠ってください……あなたが許す限り、私はここにいますから」

そう言って、もう片方の手で少し乱れた毛並みを優しく撫でる。

動物の体温は人間より高いと言うけれど、手のひらから伝わるクロの体温は、異常なほど熱を持っていた。

それが心配でたまらないけれど、和音にできることなど何もなく、無力感は募るばかりだ。

だがそれでも、少しでも彼がよくなるようにと祈りながら、和音は手を動かし続けた。

＊＊＊

「お、怒らないでください……！　これは不可抗力……です！」

誰かのひどく焦った声で、和音の意識は浮上する。

（あれ、私……）

おぼろげな意識の中、和音はゆっくりと顔を上げた。

クロを撫でているうちに張り詰めていた糸が切れ、和音はいつしか意識を失ってしまっていたようだった。

「和音さん、起きて早々すみません、今すぐ兄さんを何とかしてください！　あ、でも、そのままで！」

起き抜けに名前を呼ばれ、和音はぼんやりしたまま声の方へと顔を向ける。

そこには、なぜか片手で自身の目を覆ったトラが、慌てたように和音に手を突き出している。どうやら、こちらに来るなというジェスチャーらしい。

「ともかく立たないで!!　あなたの肌を見たら、兄さんに殺される……！」

トラの悲鳴に、和音は今更のようにクロの上着しか身につけていなかったことを思い出した。

そして、そんな和音を隠すようにクロが尻尾で彼女の身体を覆いながら、トラを威嚇していた。

「自分は玄関にいるので、ひとまず服を着ていただけますか？　このままだと、嫉妬に狂った兄さんが暴れ出しそうな勢いなので……」

「は、はい。す、すぐに……」

トラが逃げるように出て行ったことを確認して、和音は慌てて立ち上がる。

その拍子に目眩と痛みを感じて足がふらつくが、クロの大きな身体が支えてくれた。

まだ苦しそうな表情をしているが、彼の方は身体を動かせるくらいには回復したらしい。

それにほっとして笑みをこぼすと、クロは申し訳なさそうな顔で和音の身体に頬を寄せてきた。

「私は大丈夫ですから、そんな顔しないでください」

でも……と言いたげなクロだったが、彼はすぐまた苦しそうな顔になり、前膝をつく。

「とにかくじっとしていてください、すぐ支度しますから」

タオルでさっと身体を拭いてから、和音は身支度をする。

肌に残った口づけのあとや、合わせた肌の生々しい感覚を思い出すと、先ほどの怖さや戸惑いが蘇ってくる。

(けど、今はビクビクしてる場合じゃない……。クロが心配だし、誤解を解くためにも彼を助けないと)

それに和音自身も、いつも以上に強く妖術をかけられたせいで、いまだ妖術がもたらす酔いが抜けず、抱かれたときとその前後の記憶が曖昧なのだ。こんな状態で悩んでいても仕方がないし、とにかく今はクロを助けることだけを考えようと、気持ちを切りかえる。

「お待たせしてごめんなさい、準備ができました」

「それでは、申し訳ないのですが一緒に来ていただけますか、この大きさの兄さんはさすがに一人では運べないので」

和音が頷くと、まるで手を煩わせたくないと言いたげな様子でクロがのそりと立ち上がる。

けれどすぐさま苦しげな息を吐いて膝をついてしまう有様で、とてもではないが一人で歩ける状態ではなさそうだった。

とりあえずクロが倒れないようにトラと左右を支えるが、ライオンより一回りは大きい彼はずっしりと重く、支えながら歩くのは容易ではない。それでも何とか部屋を出て、アパートの下に停めてあったトラの車の後部座席に巨体を押し込む。

「和音さんは助手席で」

「あ、はいっ」

何とか尻尾まで中に入れたところで声をかけられ、和音は自分がついて行ってもいいのだろうかと悩みながら頷く。

けれど助手席に移動するより早く、何かが和音の袖口を引っ張った。

そちらを見ると、クロが寂しげな顔で和音の服の裾を咥えている。

(これは後ろに乗れってこと……なのかしら)

自分まで乗ったらかなり窮屈なのではないかと思うが、クロはぐいぐい引っ張るのをやめない。

その様子に、ふっと笑みをこぼしたのはトラだった。

「やっぱり後ろに乗ってもらってもいいですか？　その方が兄さんも落ち着くようですし」

トラの言葉にクロは服を放し、尻尾を振る。そんな様子を見ていると、はじめに感じた恐怖は消えていき、猫だった頃に抱いていた愛らしさすら覚える。

「じゃあ、お邪魔します……」

隙間に身体を滑り込ませ、和音は後部座席の扉を閉める。

その衝撃で腰の奥が痛み、思わず声を上げそうになったが、何とか堪えた。

しかしクロはその変化を見逃さなかったようで、申し訳なさそうに和音の腰に顔をこすりつける。

「私は大丈夫です。それよりクロは、つらくないですか？」

大丈夫だと言いたげに、クロは尾を揺らす。けれどすぐにその目は閉じられ、苦しげなうめき声が牙の合間から漏れる。

（こんなときまで、気を使って我慢するなんて……）

堪えるように座席に爪を立てているのも見えて、和音は優しく彼の頭に手を伸ばした。

すると、クロは恐る恐るといった様子で、和音の膝に頭をのせてきた。

しばらくするとうめき声も消え、大きな吐息を一つこぼした後は、身動きさえしなくなってしまう。

一瞬、まさかとドキリとしたが、背中に手を触れてみると呼吸はしっかりしていた。どうやら、眠ってしまっただけらしい。

「少し落ち着いたようですね」

トラの言葉に、和音は頷いた。彼も運転しながら、こちらの様子を窺っていたらしい。

「安心してください。辛そうではありますが、死んでしまうようなことはないので」

「話には聞いていたんですけど、ここまでひどいとは思わなくて……」

「ここ最近は落ち着いていましたが、半年前ぐらいから、ひどいときは獣に変身してしまう発作がほぼ毎日、いつ起きるかもわからない有様で……。俺がこうして運転手をしているのも、あるとき兄さんが運転している間に発作が起こって、事故を起こしかけたからなんです」

「そんなことが……」

発作のせいで死にかけたという話は聞いていたけれど、和音の側ではいつも元気にしていたので、日常生活に支障をきたすほどだとは思っていなかった。

「発作自体も辛いでしょうけど、仕事が生きがいみたいな人だったから、あの頃は見ていられなかった……。今も『できないなら仕方ないよね。他の人に押しつけちゃおう』なんて笑って、業務や役職を譲る準備ばっかりしていて」

「えっ、じゃあクロはＣＥＯの仕事を……」

「辞めるつもりだと言っています。俺としては、完全に辞めるのではなく、症状が落ち着いたらまた戻ればいいって思ってるんですけど……」

頑固なクロは聞き届けてくれないとため息をつきながら、今度は和音に視線を向ける。

「でも代わりにあなたの側にいたいというなら、まあそれもいいのかなとも思い始めていますけどね」

ハンドルを握りつつ、トラはバックミラー越しに和音を見て微笑む。

「自暴自棄になってフラフラ遊び歩いている兄さんは見ていられなかったけれど、あなたの話をしているときは幸せそうで……。だからあの、もしこの姿の兄が怖くないのなら、兄さんの側にいてもらいたいと思います」

トラの言葉は嬉しいものだった。けれど、この状況と和音の後ろ向きな性格が、それを素直に受け取ることを阻んでいた。

確かにクロは、和音の世話を焼くことを楽しんでくれているように見えた。けれど和音は結局クロを怒らせ不快にさせてしまったし、その結果がこの強い発作である。

もしかしたら、彼は自分の側にいることで無用なストレスを溜めこんでいたのかもしれないと、そんなことさえ考えてしまう。

「クロが本当に楽になるなら、もちろん私も側にいたいです」

トラにはそう言いつつも、側にいるのが自分でいいのかと和音は迷い続けていた。

＊＊＊

走り出した車は東京湾沿いを西へと進み、以前クロとデートをした横浜をさらに過ぎていく。

疲れませんかと気遣ってくれるトラに、問題ないと四回目の返事をした頃、車は大きな家が建ち並ぶ一角へと入っていった。

「もうすぐです」

「あの、今更なんですがどちらに向かってるんですか？」

「伊豆にあるうちの別荘です。兄さんの具合が悪くなるときは、いつもそこにいくので」

この辺りは高級な別荘地だが、その所有者のほとんどは猫羽のように妖怪の血を引く一族らしく、あまり人目も気にしなくていいそうだ。

「お医者さんも、そちらにいらっしゃるんですか？」

「この近くに住んでいて、兄さんの具合が悪いときはすぐに来てくださるんです。でも、いわゆる人間の医者とは少し違って……」

そこでトラは何かを言いかけたが、ちょうど車が目的地に到着し、会話は途切れる。

車が停まったことに気づいたのか、クロがそこでゆっくりと顔を上げた。けれど相変わらず体調は悪そうで、すぐさま目を閉じ再び眠ってしまう。

彼を抱えて降ろすために、和音は扉に手を伸ばす。

だが次の瞬間、扉が勢いよく開き、ぬっと細い腕がクロへと伸びた。

「黒様！」

焦りを帯びた美しい声音と共に現れたのは、和装姿の女性だった。

長く艶やかな黒髪を揺らし、抱きしめるようにクロに身を寄せるその姿は清楚かつ可憐で、同性である和音でさえも見惚れてしまう。

「静香様、そう慌てずとも兄さんは大丈夫です」

ぼーっとしていた和音に代わり、運転席を降りたトラが、女性の後ろから声をかけた。

その名前に和音ははっとする。それは、いつだったかクロが口にしていた名前だったからだ。

（それに、この香り……）

側に立つ静香からほのかに漂う香水の香りは、一昨日クロのスーツからしたのと同じものので、それに気づいた瞬間、胸の奥がズキリと痛んだ。

「大丈夫なことがありますか！　このように禍々《まがまが》しい姿になることなど、これまではめったになかったのに……」

嘆くように言い、静香と呼ばれた女性はチラリと和音に目をやった。

射貫くような視線は和音を責めているようだった。

「とにかく中に運びましょう。そちらの方も、どうぞこちらへ」

和音を促す声もどこかとげとげしく、相手が自分を好ましく思っていないのは明らかだったが、和音にはその理由を尋ねる勇気はなかった。

「とりあえず、上の階へ」

トラと静香の手を借りてクロを運び込んだ別荘は、お屋敷と呼ぶ方がふさわしいような、大きな建物だった。

広い玄関ホールの奥には絨毯の敷かれた階段があり、その階段を上がった二階の突き当たりにある寝室へクロを運び込む。

寝台と必要最低限の家具以外、飾り気のない部屋は、どこか寒々しい。

落ち着かない気持ちを抱えつつ、和音はトラたちと協力してクロをベッドに下ろした。

すると、先ほどと同じ刺すような視線を静香から向けられる。

「ここからは巫女である私の役目です。部外者は出て行ってもらえますか」

嫌悪感を隠しもしないその声に戸惑っていると、トラが困り果てた顔で咳払いをする。

「静香様、この方は……」

「黒様からお話は伺っております。ですが、だからといって『鎮めの儀式』に部外者の立ち入りは許されていませんので」

「それはわかっていますが静香様はもう少し言い方を……」

「気をつける義理がありますか？」

ぴしゃりと言い放ち、静香は和音に部屋を出るよう目で促す。

「あなたもよトラ、さっさと出て行って」

「ですが……」

「もうあなたにできることはないはずよ、さあ早く」

静香の勢いに負け、すごすごと退散するトラに和音も続く。二人が廊下に出ると、静香は勢いよく扉を閉め、トラと和音はその勢いにビクッと身体を震わせた。

「……あの、今の方は？」

そこでようやく和音が質問をすると、トラは申し訳なさそうな顔でため息をこぼす。

「あれが、先ほど言っていたお医者様です。厳密にはお医者様ではなく、妖怪の力を抑える『鎮めの儀式』を行える、一種の巫女ですが」

「巫女……」

「妖怪の力を操れる一族の一人で、兄さんのように力を抑えられない人を見守り、癒やすのが彼女の役目なんです」

巫女といわれてもすぐにはピンとこないけれど、妖怪が実在するのならばそういった類いの存在があったところで今更驚かない。

むしろ静香の纏う独特の雰囲気は、確かに常人のそれとは違っていて、医者と言われた方が違和感を抱くだろう。

「彼女であれば、クロを元に戻せるんですか？」

「彼女にしかできないのです。……だから俺も、いつもこうして閉め出されてしまって」

どこか悔しそうに言いながら、トラは和音を一階にある居間へと案内してくれた。

和音の住むアパート三部屋分はありそうな広さの中に、やはり必要最低限の高級家具だけがポツポツと置かれた室内は、まるでモデルルームのようだった。

「兄さんが戻るまで時間がかかるでしょうから、それまでおくつろぎください。もしお腹が減っているようなら、しっかりした食事も用意できますので」

トラはそう言ってコーヒーとクッキーを出してくれるけれど、和音は手をつける気にはなれなかった。

クロのことが心配だし、そもそもこの部屋は、一庶民の和音には落ち着かない。

その上、先ほどの静香の言葉と視線はまだキリキリと胃を刺していて、和音はただじっと、ソファの上で小さくなるばかりだ。

でもトラがいるのにただ黙っているのも失礼な気がして、和音は一生懸命会話の糸口を探す。

そんな和音の焦りを察したように、トラは小さく微笑んだ。

「落ち着かないですよね、ここ」

トラの言葉に、和音はためらいつつも小さく頷いた。

「実家も別荘も、猫羽の家はどこもこんな感じなので、俺もいつも居心地悪く感じているんです。……特に俺はその、外からきた人間なので」

「外からきたって、トラさんはクロの……」

「俺は父が愛人に産ませた子なんです。だからずっと貧乏暮らしだったんですけど、ほんのわずかの間ですが俺にも妖怪の力があった時期があって、そのとき猫羽の家に正式に入りました」

うちは色々と複雑で……と笑いながら、トラは自分用に入れたコーヒーに手を伸ばす。

「今はもう、妖怪の力はないんですか？」

「ないかどうかはわかりませんが、ここ七年ほどはかけらも現れていません。おかげで『せっかく家に入れてやったのに』って父に怒られましたけど、兄さんがうまく収めてくれて」

それ以来、彼の秘書をしているのだと言ったところで、トラは少し考え込む。

「つまりあの、兄さんはとにかく優しい人なんです……。だから、今日のことは驚いたと思いますけど、兄のことは嫌いにならないでやってください」

お願いしますと頭を下げられて、和音は慌ててしまう。

「それは私のセリフです……」

確かにクロが大きな獣になったときは驚き、恐ろしいとも感じたけれど、嫌いになるなどあり得ないことだ。

（それにクロは、私のことを初めてわかってくれた人だから……）

クロにとっては特別なことではないのかもしれないけれど、彼がくれた言葉や微笑みはすべて、和音がずっと欲しくてたまらなかったものだ。

彼はいつだって、和音の言葉を辛抱強く待ってくれた。

人とうまく会話ができないばかりに、押し込めるしかなかった自分の希望や願いに気づいてくれた。

だからこそ、和音はクロに運命的なものを感じ、彼の存在に惹かれていったのだろう。

(今思えば、ドキドキしてたのは全部彼に恋をしていたからかもしれない)

自分に向ける甘い笑顔や、料理を作ってくれる姿。お金持ちなのに子どものような味覚をもっているところなど、彼が見せてくれたすべての表情に、和音は愛おしさを感じていた。

そしてその中には、妖怪となったクロの姿も入っている気がする。

(でもクロは、私を嫌いになるかもしれない……)

自分を責める彼の恐ろしい顔が頭をよぎり、和音は膝の上の拳をぎゅっと握った。

クロは和音に癒やしを求めていたのに、今回はむしろ自分の存在が彼を怒らせ苦しめたのだ。

彼はもう和音を必要としないかもしれない。それどころかもう二度と笑顔を向けてくれないかもしれないと思うだけで胸が苦しくて、あのときなぜ怒らせたのかを思い出そうと必死になったが、記憶はいまだ曖昧だった。

やはり強く妖術をかけられた反動からなのか、もしくはまだ酔いが残っているせいか、思い出そうとすると気分まで悪くなる有様だ。

そんな和音の様子を心配してか、トラが彼女の側へとやってくる。

彼はポケットから小さな手帳を取り出し何かを確認すると、和音の前に角砂糖の山を置いた。

「あの、コーヒーにこれをどうぞ」

こちらの手帳にそう書かれてありましたので……と、トラは手帳を和音に差し出した。

表紙には、『俺の不在時用。緊急時以外使用禁止、必要なページ以外は開くべからず』と赤いペンで物々しく書かれてある。

いったいどんな内容が書かれてあるのかと、真剣に考えていると、和音のコーヒーに砂糖を入れつつトラがふっと笑う。

「和音さんのお世話用ノートだそうです。あなたの趣味嗜好が、かなり事細かに書かれてあります。狭山さんは疲れているとき、甘いものを摂取すると元気が出るようですね」

「そ、そんなものをいつの間に……」

「この前、自分が倒れたときは代打を頼むって突然渡されて」

「……なんだか、すみません……。でもあの、私のことは大丈夫なので」

「ですが、起きたとき、俺が何もしてないと知ったら兄さん絶対に怒りますよ。……まあお世話しすぎても、それはそれで怒りそうな気もするけど」

確かにわかる気がすると、和音はトラの言葉に思わず苦笑する。

「クロ、本当に世話好きですもんね」

「でもそういうところ、引いたりしてません？　気持ち悪いとか思ってません？」

身を乗り出す勢いで尋ねられ、和音は慌てて頷いた。

「多少強引なときもありますけど、自分のためにしてくれることは嬉しいです」

「本当に多少……ですか？」

「多少じゃないときもまあ、ありますけど……」

素直に告白すると、やっぱりとトラは呆れる。

「でも彼の強引さは、不思議と嫌じゃないんです。一方的に尽くしてもらうばかりなのは心苦しいけど、ああいう強引さって私にはないものだから憧れるというか、すごいなって感動するというか」

「俺は逆に、兄さんのストーカーじみた行為を好意的に受け止められる狭山さんに感動します」

確かにクロの行動は行きすぎていることもあると思うが、なぜだか恐怖を感じない。自分のことが細かに書かれた手帳を見せられても、「クロらしいな」と思うだけで不思議と嫌悪感は湧かなかった。

むしろ自分が倒れたときまで和音を気遣おうとする彼に、申し訳なさと愛おしさすら感じてしまう。

「ともかくその、少々気持ち悪いですがこれも愛情表現の一種なので安心してください。それにたぶん、あなたにここまで執着しているのは仕事ができないストレスもあるのだと思うし、それが解決すれば多少はまともになるかと」

ため息交じりのトラの話は、和音もなんとなくわかっていたことだ。

クロは仕事の代わりに、和音の世話に夢中になっている。もちろんトラが言うように、和音を甘やかすくらいの好意はあるのだろうけれど、もともとプレイボーイで有名な人だからきっと女性には誰でも優しくするのだろう。

そしてそれがわかっていながら、恋人のように甘やかしてくれる時間があまりに幸せで、せめて今だけはと和音はずっとクロに甘えてしまっていた。どうせいつかいなくなってしまうのなら、少しでも長く彼との時間を楽しもうと、卑怯にもそう思っていたのだ。

(でもそのせいで、クロにストレスをかけてたのかもしれない……)

そうでなければきっと、あんなにひどい発作なんて起きなかっただろう。

「ストレスがたまっていたのなら、彼に甘えなければよかった……」

「狭山さんが気にすることじゃないですよ。なんだかんだ兄さんは頑固者ですし、そこを文句も言わず受け入れてるだけで十分すぎるほどです」

でもやっぱり……と言いかけて、和音はぎゅっと唇を引き結んだ。

「でも」とか「だけど」と繰り返しながらも、結局和音はクロの言葉や親切心に甘えていた。自分の意志を発する勇気もなく、流されるままになっていた。

しかしそれでは、また同じことの繰り返しだし、そういう和音のずるい部分にクロは心の底では腹を立てていたのかもしれないと気づいた。

(怒らせたのも、きっと自分のそういうところな気がする……)

「本当にクロの気が紛れていたのかも、正直わからないんです。だから私、彼が起きたらもう一度ちゃんと聞いてみます」

本当に彼が和音の側で癒やされているなら構わない。でももし何か負担があるなら、取り除く努力をしたいと和音は強く思う。

(クロが私にしてくれたように、今度は私が彼のためにできることをしないと)

その結果、和音がクロの側を離れることが最善なのかもしれない。でもそれでも、これ以上クロが苦しむくらいなら、受け入れなければと和音は思う。

そんな彼女に、トラがふっと表情を柔らかくする。

「兄さんは幸せ者ですね。自分を思いやってくれる、狭山さんのような方がいらっしゃって」

「私、いつも自分のことばかりですよ」

「自分のことばかり考えている人は、そんなこと言いませんよ」

それから彼は、クロに似た笑みを浮かべ小さく頭を下げた。

「むしろ兄さんの方がよっぽど自分勝手ですよ」

トラはそう言って苦笑するが、和音はいまいちぴんとこない。むしろもっと自分勝手になって、自分に頼ったり甘えたりしてくれればいいのにと、和音は思うのだった。

＊＊＊

誰かが、クロの髪を優しく撫でている。

穏やかに、慈しむように。

(でも、違う……)

その手つきは優しくても、欲しいのはこれではないとクロはまどろみの中で強く思った。

(これは、和音の手じゃない……)

彼女に頭を撫でられたことは、猫だったときも含めて数えるほどしかないのに、クロはそう確信していた。

「……和音」

和音に触れて欲しくて、今すぐ声が聞きたくて、クロは無理やり意識を浮上させる。

「動いてはなりません！」

聞き覚えのある声で叱責される。けれど、それは望んだ声ではなかった。

「どうして静香がここにいるんだ」

「どうしてって、あなたがまた発作を起こしたからでしょう」

静香の言葉に、クロは自分の居場所に気づく。

周囲を見回せば、そこは猫羽が保有している別荘の一つのようだった。

「覚えていらっしゃらないのですか？」

静香の言葉に、クロは記憶をたぐり寄せようとするが、そのたびにひどい頭痛が邪魔をする。

唯一思い出せるのは、和音の家に帰ろうと急いでいたときのことだ。

急な対応に追われて体調も悪化していたが、彼女に会えると――彼女に自分を受け入れてもらえることを思えば、忙しさも乗り切れた。

和音の腕に抱かれれば体調も良くなり、すべてうまくいくとあのときは思っていたのだ。

「発作ってことは、また猫に？」

「ええ、ただしその……」

言いよどむ静香に、クロの顔からさっと血の気が引いていく。

「まさか完全な妖怪に？」

「言葉も失っておられて、それをトラとあの和音という方が運んでこられたのです」

「あの姿を、和音も見たの？」

小さく頷く静香に、クロは毛布を握りしめうなだれる。

脳裏をよぎったのは、こちらを見て怯える和音の顔だった。そんな顔をさせてしまった経緯はわからないけれど、少なくとも自分が彼女を怖がらせたのに違いない。

「……あの、そんなにお会いしたいのなら、和音さんを連れてきましょうか？」

「だめだ」

「でも黒様は、ずっと彼女の名前を……」

「獣の姿を見られたんだ、彼女はもう俺を受け入れてはくれない」

クロの言葉に、静香は眉根を寄せて黙り込む。

「少し一人になりたいから、君も出て行ってもらえるか？」

「でも、何かあったら……」

「これ以上俺にとって悪いことなんて起きないよ。だから、出て行ってくれ」

冷たくあしらうと、静香は「何かあったら呼んでください」と言い置いて、部屋を出て行った。

残されたクロはそのまま寝返りを打ち、ぼんやりと天井を見上げた。

（ここは、天井が高いな……）

それに比べて、和音のアパートはびっくりするほど天井が低かったなと思う。

（あの部屋に帰りたい……）

狭くて、古くて、寒くて、住み心地がいいとは言えなかったけれど、和音がいるだけで満足だった。

（でもきっと、あそこにはもう帰れない……）

あの姿を見た者は、例外なくクロを恐れた。

母も父もそうだったし、特に母は自分を化け物と罵《のの》り近づきさえしなかった。

幼い頃からクロは体調を崩すと、妖怪の姿に変身してしまうことが多かった。今回のように記憶が飛ぶのは稀で、変身のたび母からぶつけられた言葉は今もクロの心をさいなんでいる。

母は、自分から化け物が生まれたと認めたくなかったのか、時にはクロに手を上げることもあった。「お前のような化け物は私の子どもじゃない」と、泣きながら頬をはたかれたのは、クロにとって苦い思い出だ。

一方父は、そんな母を止めることもなく、いつも冷めた目でクロをじっと見つめていた。

その目は盤上の駒を見るようなもので、クロのこの体質が自分の利益になるか、金になるかを測っているようだった。

（でもいっそ、和音も父のようだったらよかったのに……）

金目当てでもいいから、彼女には側にいて欲しかった。どんな理由でもいいから、自分を遠ざけないで欲しかった。

けれど彼女が金で動くタイプでないことは誰よりもクロが知っている。そういうところにも惹かれたのだから、そのままでいて欲しい。

矛盾する気持ちにさいなまれ、クロは自分の手を見つめた。

今は人のものだが、それがいつまた妖怪に変わるかわからない。

そこでふと、彼は、自分の爪が赤く染まっていることに気がついた。

（まさか、誰かを傷つけた……？　もしかして俺は、和音を……）

静香が何も告げなかったということは、傷はきっとたいしたことではないのだろう。だがそれでも、自分が彼女に傷を負わせた事実に変わりはない。

これまでも何回か変身したことはあった。けれど、幸いなことに誰も傷つけずに済んでいた。それなのに、よりにもよってなぜ和音を傷つけることになってしまったのかと、クロは手をきつく握りしめる。

獰猛な獣に襲われ、肌を裂かれ、彼女はきっと恐ろしかったに違いない。

（きっともう、側には居てくれない。けど、彼女が去ってしまうくらいならいっそ……）

脳裏をよぎった考えは、決して実行に移してはならないことだった。

けれど、今後彼女の笑顔が見られないなら、去ってしまうのなら、同じことではないか。

（逃げるなら、無理やり繋ぎ止めてしまえばいいんだ）

自分の力で、彼女を変えてしまえばいい。クロが化け物になっても離れないように、優しく頭を撫でてくれる和音にしてしまえばいいのだ。

そうするだけの力が自分にはあるではないかと、クロは乾いた笑いを浮かべ、フラフラとベッドから立ち上がる。

「……っ！」

一歩踏み出すだけで胸が苦しく頭痛もひどかったが、和音が去る前に彼女に暗示をかけなければと、気力だけで何とか歩みを進める。

そのまま何とか一階に下りると、「クロ……」と戸惑うように彼の名前を呼ぶ声が聞こえてきた。

「和音……？」

微かなその声を聞くだけで、それまでの頭痛が吹き飛んだ。クロは和音に駆け寄りきつく抱きしめる。

つい先ほどまで会うのが恐ろしかったというのに、身体は勝手に彼女を欲してしまう。

こうして触れられることが嬉しくて、彼女の存在を確かめられて、クロは心の底から安堵した。

腕の中に閉じ込めた和音は小さく震えていた。急に抱きつかれて驚いたのか、化け物の自分を恐れているのかはわからない。

だから彼は、彼女の小さな顎に手をかけ、無理やり上向かせた。

「和音、俺を見て」

こんなことはしてはいけないという自制心は、もうどこにもなかった。

「俺を怖がらないで」

逃げないで、見捨てないで、嫌いにならないでと、和音の心の奥に届くように訴えかける。

（そして俺を、好きになって）

和音の瞳をじっと見つめながら願いをかけるように術をかけ、彼女の唇を奪う。

その甘さに溺れそうになりながら、クロはゆっくりと口を開いた。

「君が好きなんだ」

だからずっと側にいてと、クロは鼻を擦り寄せ、すがるように和音に回した腕に力を込める。

すると和音の顔から戸惑いや困惑が消え、ほっとしたような笑みがこぼれた。

「嫌いになんて、なれるはずないです」

和音は優しくクロの頭を撫でた。

求めていた優しい温もりに胸をなで下ろして、クロは心の奥に残った罪悪感に蓋をすると、もう一度彼女の唇を奪ったのだった。

第七章

「和音、キスしようか」

ためらいのかけらすらない、晴れ晴れとした笑顔でクロが微笑む。

その僅か一秒後、和音の返事を聞く気のない勢いで、彼は唇をついばんでいく。

（……私、都合のいい夢でも見てるのかな……）

昨晩はずっと、クロに嫌われるかもしれないとそればかり考えていたのに、一夜明けた今日の彼は、以前とまったく同じ調子だった。

（同じどころか、なんだかすごく積極的かも……）

和音の反応など気にせず、抱きしめ、キスをし、今も「コーヒーを入れたよ」と笑顔で彼女にカップを手渡してくる。

「あ、ありがとうございます」

「いいんだよ。好きな子には何でもしてあげるのが俺のポリシーだから」

その上彼は、そんなことまで軽く口にしてしまう。

(好きって、そんな簡単に言える言葉じゃないと思うんだけど……)

実際少し前まではまったく言ってこなかったのに、今朝からもう五回はこの言葉を聞いていた。

なぜ急にと思うけれど、それを尋ねようとすると喉の奥がぐっと詰まり、言葉が出てこない。

(流されないようにしようって決意したばっかりなのに、本当に私ってダメだな……)

落ち込みながらも、もう一度だけ勇気を持ってみるけれど、クロの瞳にじっと見つめられるとやはり言葉は喉の奥でかき消されてしまう。

「……あの、人前でイチャイチャするの、やめてもらえます?」

不満げな声をあげたのはすぐ後ろのソファに座っていた静香だった。この部屋には彼女とトラがいたことを思い出して和音は真っ赤になるが、クロはまったく気にしていない様子だ。

「好きな相手にキスするのは普通だろ？」

「人前ではそんなにしません！」

「でもしたいから」

「したくても、我慢してください！　それに黒様はデリカシーがなさすぎます。私があなたにどんな思いを抱いているか知っているくせに！」

静香の声に和音は目を瞠るが、怒鳴られたクロ本人は眉一つ動かさない。

「知ってるよ。十回告白されて十回断ったから」

「なおさらたちが悪いです！」

二人のやりとりに、正直和音は気圧されていた。そして同時に、ああやっぱりとも思う。

(静香さんも、クロのこと好きなんだ……)

でもまさかすでに何度も振られた後とは思わず少し驚く。

同性の目から見ても、静香はとても魅力的な女性だ。はっきりとした目鼻立ちは美しく、黒く綺麗な髪は巫女だけあってどこか神秘的な雰囲気がある。

今日は和装ではなく洋服を纏っているが、手足の長い静香のスタイルのよさは洋装のときの方がよくわかる。胸は小ぶりだが、そこにも、性別を超えた神聖さを感じてしまう。

「その人より、私の方が絶対綺麗なのに」

そして美しいという自覚があるのか、静香は和音を前にしても遠慮がない。

けれど彼女の言葉は事実だし、和音自身もそう思っているので、申し訳ない気持ちにはなるが、嫌な気分にはならなかった。

むしろ、ああそうだなと、しみじみ納得してしまうくらいだ。

「やっぱり、胸ですか？　私に胸がないのが問題ですか？」

「確かに静香は胸がないけど、問題はそこじゃないよ。俺は、和音以外の人に興味がないんだ」

「ないって、断言するのはやめてください！」

「そもそも歳だって離れてるし、十八歳の女の子に手を出すのはちょっと」

「えっ、静香さんって十代なんですか？」

自分と同じくらいだと思っていたのでうっかり驚くと、すかさず静香の睨みが飛んでくる。確かに今のは失礼だったと思って謝罪したが、「まあ大人びていますからね、私は」と彼女は前向きにとらえることにしたようだ。和音とは違い非常にポジティブな女性である。

「それに静香が好きなのは、俺の容姿だけだろう？　それに怖がりだし、巫女の仕事がなかったら妖怪に触るなんていやだって断言してたし」

「こ、怖いものは怖いんだから仕方ないじゃないですか。でも黒様の場合はそれほどでもないし……」

尻すぼみになっていく声に、彼女の側にいたトラが小さく咳払いをする。

「兄さんは、好きになったら相手のことを徹底的に調べ上げて喜ぶようなストーカー気質な男ですよ。いいんですかそんなので」

「た、確かにそういうところは気持ち悪いしどうかと思いますけど、人間、何より大事なのは顔とお金ですから！」

それがあれば何でも我慢できるじゃないですか！　とぶちまける静香が、和音は少しうらやましかった。そしてクロも、そんな彼女を嫌っているわけではないらしい。

むしろ二人の会話には、友人のような気安さすらある。

「正直、静香のそういう素直すぎるところは嫌いじゃないけど、恋人は無理」

「だから断言しないでください」

「気を持たせるのは悪いし」

「と、ともかく私は、認めませんから」

「別に君は俺の親でもないし、認めないならそれでもいいよ」

クロの言葉に、静香はグヌヌと拳を握った。

「わ、私が怒ったら、儀式をボイコットするかもしれませんよ」

「いいよ。たとえ化け物でも、和音は俺を受け入れてくれるはずだし」

言うなり、突然モフモフしたものが和音の足に纏わりついた。

はっとして視線を落とせば、昨日の夜に見た大きな獣がそこにいた。

昨晩は突然のことに驚き、この姿に恐怖を感じた瞬間もあったけれど、甘えてくる姿はもう大きな猫にしか見えず、かわいいとさえ思えてくる。

『もうずっと、この姿でいようかな』

いつもと少し違う響きの声がすると、少し離れていたところにいたトラが、コーヒーを思い切り噴き出した。

「やめてください、仕事があるのに！」

『でも和音とイチャイチャしたいし』

「それならせめて人の姿になってください！」

トラの必死の懇願に、クロは仕方なさそうな顔で人の姿へと戻った。

「まあ、こっちの方がキスもできるしいいか」

「するなら別の場所でしてください！」

今度は静香に怒鳴られるが、結局クロはそれも気にせず和音の唇を奪う。

「確かにここはうるさいし、そろそろ和音の家に帰ろっか？」

「ダメです！　黒様の身体はまだ不安定なので、少なくともあと三日はここで安静にしてください！」

「そうですよ、ここでできる仕事だけを回しておきますから少しの間じっとしていてください」

トラと静香の二人から説得され、クロはひとまず「わかった」と頷いた。

「でも、休憩時間に二人きりでイチャイチャするのは許してね」

そんな宣言通り、二人に諭されてから僅か二時間後、クロはまた妖怪の姿で和音に纏わりついてきた。

『頭、撫でてくれる？』

場所をクロの寝室に移し、「仕事が！」「イチャイチャするなら私と！」とすがりつくトラと静香を閉め出した後、クロはいつも以上に積極的に和音に甘えてくる。

ただし獣の姿なので、甘い雰囲気はないけれど。

『和音に撫でられるの、気持ちいい』

ベッドに腰掛けた和音の膝に頭をのせ、クロは幸せそうに目を細めている。

まだ自分の手に心地よさを感じてくれることが嬉しくて、和音は柔らかく微笑んだ。

「かゆいところ、あります？」

『言ったら、そこも撫でてくれるの？』

「はい、どこでもいいですよ」

『なら……』

そこで突然、和音の天地がひっくり返り、柔らかな温もりが人の肌へと変化する。

「全身、撫でてもらおうかな」

和音を押し倒し、クロが人の姿でのしかかりながら甘えてきた。

人の姿で言われると、なんだかいけない提案をしてしまった気がして、和音は小さく悲鳴を上げる。

けれど、手のひらを摑まれ、クロの首元に無理やり押し当てられると、身体の奥が何かを期待するように甘く疼いた。

「撫でるより、撫でられる方がいい？」

「クロに撫でられたら、私……」

「喉を鳴らすだけじゃ済まないかも？」

「あっ……」

掴んでいた手を放し、クロが食らいつくように和音の首元に舌を這わせてくる。

くすぐったさと甘い疼きに身体が震えるのと同時に、不自然に身体が強ばった。

「いやっ、怖い……」

気持ちいいのに、なぜか口からはそんな言葉がこぼれ、和音は戸惑った。そのとき、脳裏に何か、ひどく恐ろしい目に遭った記憶がよぎるが、そのときの恐怖が鮮明になるより早くクロの金の瞳が彼女の意識を搦めとる。

「大丈夫、怖いことは絶対しないよ」

その言葉に身体は勝手に安心していくが、心の奥は何かを恐れるように震えていた。

「嫌ならいつもみたいに最後まではしないよ。今までだって、したことなかっただろう?」

「えっ、でも……」

「君の初めては大事に取ってあったし、続きをするって約束もまだだっただろう?」

彼の言葉に違和感を覚え、和音は瞬きを繰り返す。

クロは嘘や冗談を言っているようには見えず、本当にそう信じ込んでいる様子だった。

(だとしたら、私の記憶がおかしいのかしら……)

けれど、和音には確かに貫かれた痛みが残っている。昨晩確かに、クロは和音を抱いたのだ。それも乱暴に、激しく、怒り任せに犯すように。

しかしクロはそのことを、まるで覚えていないようだった。

だとしたら伝えるべきなのだろうかと迷う一方で、彼があのときのことを思い出したら、和音に感じていただろう怒りも思い出してしまう気がして、言葉が出てこない。

「和音、こっちを見て」

ねだられ、じっと見つめられると、ドキドキしすぎたせいか頭がぼやけてしまう。

（いや違う、これってまるで妖術をかけられたとき……みたい……）

しかしなぜそんなことをするのかと思った瞬間、クロの瞳が煌めき、疑問は一瞬にして消えてしまった。

（でもまあ、いいか……。せっかく好きって、いっぱい言ってくれるようになったんだし……）

このままではいけないと思ったことも、流されるだけではダメだという気持ちも忘れ、和音はただただ甘いキスに溺れていく。

「俺も本調子じゃないし、今日はキスだけにするから」

「そんなこと言って、いつもキス以外のこともするじゃないですか……」

「今日はしないよ、約束する」

だから安心して服を脱いでと甘く囁かれ、和音は結局彼の言葉を受け入れてしまう。

そのままセーターを脱ぎ、クロの手を借りてデニムも脱ぎ去る。

下着だけを身につけた状態でもう一度ベッドの上に横になると、クロの手が和音の腹部を撫でた。

「あっ……」

クロの大きな手のひらが肌の上を撫で擦ると、和音の身体は熱く反応してしまう。

「キス……だけって……」

「キスする場所を探してるんだよ。和音は弱いところがたくさんあるから、迷ってしまうな」

「ひゃっ……」

身をかがめたクロの唇が脇腹へ落ちる。そのままざらりとした舌先で肌を嬲られると、くすぐったさと激しい疼きが迫りあがってくる。

疼きと共に高まった熱を吐き出そうと、熱い吐息をこぼしていると、クロが愉しげに笑い声を上げた。

「かわいい声、もっと聞かせて」

「あっ……くすぐったい……やっ」

「でも、だんだん気持ちよくなるだろ？」

ちゅっと音をたてて肌を吸い上げ、彼は和音の腹部に赤い跡をたくさん散らす。

跡が増えるにつれて和音の秘部からはじわりと蜜がこぼれ出し、身につけたままのショーツがじんわりと濡れていく。

「もうぐちょぐちょだ」

指摘されると恥ずかしくてたまらないけれど、淫らな身体をじっと観察するクロの目には情欲が滲んでいて、それがたまらなく嬉しくもあった。

「クロ……は……？」

「ん？」

「キス……するだけで……いいんですか？」

普段なら絶対にできないような問いがするりと口からこぼれ、和音は思わず赤面する。

「それ、俺を誘ってくれてる？」

「い、いえ、あの……。ただ、いつもクロにしてもらうばっかりだから……」

申し訳ない気持ちは募っていたけれど、奉仕とも思える一方的な施しは、自分に魅力がないせいだとずっと思っていたから言わずにいただけだ。

でも軽いものだとしても、『好き』と言ってくれるくらいの気持ちがあるのなら、自分も彼のように何かしたいと思ってしまう。

「なら、キスしてくれる？」

「下手でも……いいですか？」

「下手だなんて、思ったことないよ」

そう言って顔を近づけてくるクロに、和音は顔を傾けながら唇を近づける。

ついばむようにそっと、唇を吸い上げ恐る恐る舌を差し入れる。

「あっ、ッん、ン……」

待ちわびていたように絡んでくるクロの舌に懸命に舌を絡めるが、必死になればなるほどこちらの息ばかりが上がってしまい、乱れていくのも自分ばかりだ。

（クロ……息も上がってない……）

彼はからかうように、和音の舌を弄ぶ余裕まで見せ、今更のように経験の差が浮き彫りになる。

それが悔しくて、悲しくて、和音はそっと唇を離した。

「ごめんなさい……」

「どうして謝るの？」

「だって、全然うまくできない……」

「そんなことないよ、俺……やばいよ今」

そうは見えないと言いかけたとき、クロが和音の手を摑んだ。

（あっ……）

自身の股座《またぐら》に押し当て、クロは「理解した？」と微笑む。

「クールなふりしてるけど、余裕なんてもうない」

「……痛かったり、しないんですか？」

「痛いし切ないよ。でも大丈夫、我慢するのは慣れてるから」

そう言って涼しい顔で笑うけれど、クロの欲望の証は布越しでもはっきりわかるほど、大きくなっている。

（こういうとき、小説だとどうするんだっけ……）

思い出すのは恥ずかしいけれど、記憶を必死にたぐり寄せる。ヒロインたちが行っていたのは、確か口や胸での奉仕だ。

　まったく経験のない行為だけれど、それをしたらクロは喜んでくれるかもしれないと覚悟を決める。

「じゃあ私にも、キスさせてください……」

「そんなこと、和音はしなくていい」

「でも、したいんです……」

　そう言ってベルトに手をかけると、クロの手が阻む。

「……私にされるのは嫌ですか……？」

「その言葉はずるいよ」

「なら……私にクロを、気持ちよくさせてください……」

　恥ずかしさを堪えてお願いすると、僅かなためらいの後、クロはズボンの前を緩め、肉棒を引き出した。

（どうしよう、思ったより大きい……）

　口に入るだろうかと不安になるが、やると言い出した手前、後には引けない。

「初めてだから、期待はしないでくださいね……」

　口に含みやすいようクロをベッドの端に座らせ、和音は床に下り、膝をつく。

　おずおずとクロの先端を咥えると、濃い男の匂いが広がった。

　未知の匂いには驚くが、不思議と嫌ではなかった。

「これはっ……すごいな……」

和音の舌が動くたび、クロの口から熱い吐息がこぼれることが、何よりも嬉しい。

「本当に……初めて……？」

コクリと頷きながら、和音はさらに膨らんでいくクロの肉棒を音をたてて吸い上げる。

クロのものはあまりに大きくて、やはりとても咥えきれないけれど、クロは心地よさそうに目を閉じてくれる。

彼は和音を支えるように、その頭に手を回し、時折何かを堪えるように、髪を掻き乱す。

それが感じている合図だと気づいた和音は、クロの好む場所を何度も舐めあげた。

（クロ……喜んでくれてる……）

自分の舌が、彼を満足させられていることが嬉しくて、彼女は息が上がるのもいとわず舌を動かす。

けれど次第に、なぜだか少し、泣きそうな気持ちにもなってくる。

（こういうこと、初めてのときに、してあげたかったな……）

身体を繋げた夜、クロはひどく腹を立て、妖術まで使っていた。そのせいで初めての夜のことは曖昧にしか覚えていないが、記憶をたどる限り、和音から彼に何かをしたとは思えなかった。ただひたすら喘がされ、彼に触れさせてもらえたかもわからない。

それがなんだか無性に悲しくなってきて涙が滲んでくるが、それを気づかれたくなくて、和音は必死に舌を動かした。

この先いつまで、クロが和音とこうしてくれるかはわからない。

クロは恋多き人だろうし、彼に恋する人はたくさんいる。

恩があるというだけでいつまでも彼の興味を引き続けていられる自信はないし、それならせめて身体を重ねるときは、本物の恋人同士のように喜びを分かち合いたかった。

「っ……和音……」

ぎこちないながらも、必死に舌を使ってクロの先端を擦りあげていると、クロの腰が大きく跳ねる。

彼はどこか焦ったように和音の頭を遠ざけようとしたが、和音はそれに抗い、懸命に唇を寄せ、吐精を促す。

「だめだ、離れて……もう……」

切迫した声に、和音の身体が熱くなる。

「和音……！」

愛おしそうに名前を呼んで、クロが荒々しく和音の髪を掻き乱した。

次の瞬間、口の中に独特の苦みと生臭さが広がった。喉の奥に注ぎ込まれた熱と精液はあまりに濃くて咳き込みそうになるが必死に耐える。

「っ……出して……」

クロが無理やり和音の頭を遠ざけようとしているのがわかり、どうしてもいやだった和音は、意を決してそれを飲み込んだ。

クロの熱が喉を通り過ぎていくのを感じながら、和音は上目遣いにクロを見つめる。

彼は、どこか泣きそうな、けれど幸せそうな眼差しを和音に向けていた。

「こんなことまで、させるつもりじゃなかったのに」

後悔を含んだ切ない声でクロは言い、和音の口から己を引き抜く。

「大丈夫……です……」

「でも飲み込むなんて」

「クロのなら平気です……。でも、下手じゃなかったですか？」

「下手などころか、溺れそうだったよ」

クロの言葉に、和音はそっと微笑む。

恥ずかしさはまだ少しあったけれど、喜ぶクロの姿を見ていると、自分はまだここにいてもいいのだと思えて、嬉しかった。

「クロが望むなら……何度でもしますよ」

「これ以上されたら心臓がもたないよ」

そう言って彼は背後から和音をぎゅっと抱きしめる。そのままキスや愛撫をされるかと和音の身体は期待したが、意外にもクロはそのまま動かない。

それに戸惑い、和音は自分を抱きしめる彼の腕をそっとさすった。

「やっぱりいや、でした……？」

「違うよ。ただ、幸せすぎて苦しいだけ……。自分に都合がいい夢でも見てるみたいで」

「夢じゃないです……」

「わかってるけど、夢みたいなものだよ」

そこでようやく顔を上げて、クロは和音を抱きしめたままベッドの中央へと移動する。

「でもせっかくの夢なら、もっと溺れても構わないよね？」

そう言って、彼は和音を抱きしめ、首筋に口づけを落とす。

「だから今度は俺が、和音の気持ちいい場所にキスする番だ」

言葉と共に首筋に繰り返されるのは、触れるだけの穏やかなキスだったけれど、和音を見つめる瞳は、飢えた獣のようにギラギラと輝いていた。

「いっぱいキス、してあげる」

その声だけで和音の心と身体は歓喜に震えてしまう。

(私の身体、すっかりいやらしくなっちゃった)

でもそんな身体をクロが喜び受け入れてくれるなら、望むがまま乱れてしまうのもありなのかもしれない。

「和音……」

名前を呼びながら激しさを増していくキスに身を委ね、和音は理性をゆっくりと手放した……。

第八章

溺れたいと言いながら、クロは最後まではしなかった。

しかし、彼は執拗に和音を乱し続け、和音は幾度となく果ててしまった。

それから毎日のように、クロは暇さえあれば和音をベッドに押し倒す。身体こそ繋げないものの、淫らな触れ合いは激しさを増していき、和音は日に日にやつれていった。

(なんだか、今日は特に気分が悪い……)

この三日ほど十分な睡眠が取れていないせいか、慢性的な頭痛が続いていた。

静香から帰宅の許可が出て、今日は久々に家に帰れるというのに、これでは長時間の移動はきつそうな気がする。

だからもう少し眠らなければと思うのだけれど、横になっていても睡魔は訪れず、和音は諦めてベッドから下りた。

クロを起こさないようそっと窓辺に寄ると、外はまだ暗い。目をこらせば少し離れた場所に切り立った断崖と海が見えるが、降り続ける雨がせっかくの美しい景色を重く憂鬱なものにしていた。

それはまるで和音の心を表しているようで、彼女は再び室内へと目を向ける。

ベッドの側に戻ると、クロは目を閉じ静かに眠っていた。

（そういえばクロの寝顔、初めて見たかも……）

いつも和音より先に起きてしまうので、彼の寝顔を見る機会は今まで一度もなかった。

彼はいつも完璧で、隙がなくて、眩しすぎるくらいだったから、起きているときはじっと見つめることもできなかった。でもそんな完璧な顔よりも、穏やかに眠る顔の方が好きかもしれないと思う。

もっと近くで見たいなと、和音はそっと距離を詰める。

（あれ……）

そんなとき、何かがつま先に当たった。足下を見るとそれは和音のスマホで、どうやら枕元から落ちてしまっていたらしい。

拾い上げ、時間を確認しようとディスプレイを起動する。だがそこで、彼女はメッセンジャーアプリに着信があることに気がついた。

ここに来てからは開くことも忘れていたせいか、アイコンには十件以上の新着表示が出ていて、和音は驚きつつアプリを立ち上げた。

（……この人、誰だろう）

アプリを立ち上げて、最初に目に入ったのは友達一覧に表示された見知らぬアイコンだ。名前のところは『名無し』となっており、誰だかわからないし見当もつかない。にもかかわらず、画面の一番上に表示されるようにわざわざ設定まで変えられている。もしかして何かしらのウィルスにでも感染したのだろうかと不審に思いつつ、和音は恐る恐る『名無し』のアイコンをタッチしてみる。

『贈り物はどうだった？』

そんな言葉から始まるメッセージの数々に、和音はぶるりと震える。

『贈り物、つけてくれたんだね？』

『すごくよく似合う。君のために選んだ甲斐があった』

『良い香りでしょ？　少ししたら気持ちよくなってくるから』

『ねえ、なんでまだその男がいるの？』

『そいつをつまみだしてよ』

『君は僕のなのに』

一方的で不気味な書き込みは、すべてクロが発作で倒れた夜のものだった。

すぐに削除してブロックしたい気持ちでいっぱいだったが、無視してはいけない気もして履歴をたどる。これらが届いたのはやはりクロの発作が起きた夜で、ちょうど和音の意識が朦朧《もうろう》としていた頃だろう。そのときを見計らって送ってきたように思え、ますます気味の悪さを覚えていると、突然、新しい一文が追加された。

『ようやく見つけた。おはよう和音』

思わず、「ひっ」という悲鳴が漏れ、スマホを落としそうになる。だが、『騒いだら、君と、君の後ろで寝ている男が困ることになる』という文章が続けざまに送られてきて、悲鳴を懸命に堪えながら周りを見回した。

まるでこちらを見ているような文章に、ぞわりと背筋が凍る。

『探しても、君は僕を見つけられない』『でも僕は、どこにいても君を見つけられる』

文章の最後につけられたかわいらしい顔文字が余計に薄気味悪く、和音の手は震えてしまう。

『このやりとりのことは誰にも気取られないようにしてね。さもないと……』

そこで文章は途切れ、書き込みも突然終わる。それに不安を感じながら、待っていると、動画が送られてきた。

ためらいを覚えつつ再生すると、画面には、苦しげにうめき苦しむクロの姿が映し出されていた。

（これ、もしかしてこの前の……）

もがき苦しみ、人から妖怪へと変化していく様子を映した動画に、和音の顔から血の気が引いていく。

『この動画を世間に流されたら、困るよね？』

憎らしささえ感じる笑顔の絵文字までつけて、名無しが行っているのは脅迫だ。

そんなことをされる覚えもないし、してくる相手にも見当がつかないが、相手が何かしらの悪意を持っているのは明白だった。

『他にも、君を無理やり犯している動画もある』『ただでさえ今彼は注目を集めているから、あっという間に拡散するよ』

時折かわいらしい絵文字を混ぜて、一方的な投稿は続く。

『猫羽の御曹司が、化け物のレイプ魔だってわかったら、世間はどんな反応するかな？』

続けざまに、今度は和音を組み敷くクロの映像が送られてきたが、そこに映っている覚えのない下着に目を瞠る。

(……違う。私これを……自分でつけた気がする……)

そしてそれを見たクロが激昂したことを思い出したのをきっかけに、混濁していた記憶が少しずつ蘇り出す。

(下着の送り主はクロじゃないって言ってた……なら、もしかして……)

いても立ってもいられず、和音は名無しにメッセージを打ち込んだ。

『あなたは誰なんですか？　どうしてこんなことをするんですか？』

『僕は君の本当の恋人だ。そして恋人として、化け物から君を守りたいだけだよ』

『私に恋人はいません』

『でも、贈り物を受け取ってくれただろう？　あの下着、本当に素敵だった』

そんな言葉と共に、送られてきたのは下着を試着している和音の写真だった。

いったいどこから撮ったのかと呆然としながら部屋の間取りを思い浮かべるが、カメラのある方向に窓はない。

あるのは本棚だけだと気づき、和音の顔から血の気が引く。

（もしかして、隠しカメラ……）

いったいいつから仕掛けられていたのか、どこまで撮られているのか不安になるが、一番の問題はクロとのことをすべて見られていることだ。

『取り引きをしよう』

アプリの画面に、次々表示される相手からの提案を読みながら、和音は唇をぎゅっと噛み、恐怖で折れそうになる心を必死に保つ。

『絶対に、あの男には気取られちゃだめだよ。あと警察や誰かに言ったら、さっきの動画がどうなるかわかるよね？』

相手は明らかに異常だった。そんな相手が、和音にひどく執着しているのも明白で、それがたまらなく怖い。

けれどそれ以上に、もしあの動画がばらまかれたらクロの身に災難が降りかかることは明らかで、その方が恐ろしいとも思う。

(あんなのが出たら、クロ……今度こそ仕事に戻れなくなるかもしれない……)

ただでさえ妖怪の力のせいで、生きがいである仕事ができなくて辛い思いをしているのだ。そんな彼を、自分のせいでこれ以上の不幸に陥れることなどできはしない。

『でも僕が欲しいのは君だけだから、言うことを聞いてくれるなら写真も動画も全部消してあげる』

その言葉を最後に、メッセージはぷつりと途絶えたが、しばらくの間、和音は画面から目を離せなかった。

先ほど見た動画は二人の行為とクロの変身をはっきりと記録している。彼が妖怪であることは突飛な話だとごまかせるかもしれないが、狂気に満ちた顔で和音を犯す様子はきっと問題になるだろう。

今、相手の言うとおりにしたら、本当に止められるのだろうか。けれど、このままむやみに飛び込んで、事態は好転するとも思えない。

だがいずれにしても、クロが目覚めるまで相手は待っていないだろう。だから、今は名無しに従うしかない。

(クロに何とか伝えたいけど、どうやったら……)

名無しがどういった方法でこちらを監視しているかはわからないけれど、動画には音声がついていた。つまり、声をあげると悟られてしまう恐れがある。それに、相手が何かしらの方法でこちらを見ているなら、手紙やメールも残せない。

（あっ……）

そのとき、和音は一つだけ彼にこの事態を伝える方法があることに気づいた。状況を詳しく伝達するのは無理だけれど、名無しに知られないように自分を見つけてもらう方法が一つだけある。

ただその方法はこの雨の中で成功する確率は低く、そうでなくてもうまくいくかどうかはわからない。

（でも、見つけてくれるって信じるしかない……）

和音は覚悟を決めて、側に落ちていた服を摑み、素早く身につけると部屋を出た。

玄関へと急ぎ、アプリに投稿された『ここにこい』という文字と行き先の住所を見つめる。

地図を検索すると、目的地は意外にも近く、和音は自分の計画が成功するかどうか不安になる。

けれど『待っている』というメッセージに急かされて、和音は勇気を出して玄関の扉に手をかけた。

「あなた、どこに行くの？」

背後からかけられた声に和音はぎくりと動きを止める。

振り返ればパジャマ姿の静香が、怪訝そうな顔で彼女を見ていた。

「ちょっと、散歩に……」

言ってしまってから、散歩に行くには時間が早すぎるし、天気も悪すぎると気づく。

「もしかして、ようやく身の程を理解したの？」

けれど次の瞬間、なぜだか静香はウキウキとした足取りで和音の側に寄ってくる。

「あなたも、黒様のところから逃げる気でしょ？」

今の状況は、他人の目にはそう映るのかと和音ははっとする。

違うのだと弁解し、彼女に真実を伝えたくなるけれど、デニムのポケットに隠したスマホが咎めるように震えた。

「別に止めようってわけじゃないから安心して。むしろ術もそろそろ解ける頃だし、追い出してあげようって思ってたの」

すぐに出て行こうと思っていたのに、静香の言葉が引っかかり、つい彼女を見つめてしまう。

「術って、どういうこと……？」

「あなた、本当は黒様のことなんか好きじゃないのよ」

「そんなことは……」

戸惑う和音を見て、静香は何かを確認するように瞳を覗き、ふっと微笑む。

「私見たの、黒様があなたに術をかけてるところ……」

「術って、どうしてそんなこと……」

「もしかして、黒様を責めるつもり？　あの方はただ、化け物の姿を見られてちょっと動揺してただけよ」

それにちょっと間違えただけよと、不満そうに静香は言う。

「あなたが自分を嫌いにならないようにって、すごく強い暗示をかけてたの。でもあなたは術にかかりにくいみたいだから、いつの間にか解けてたみたいね」

和音は三日前に見た、クロの必死な顔を思い出した。

自分から離れないでとすがる彼はただならぬ雰囲気だったから、きっとあのときだ。

「だから、あなたが抱いているのはまやかしの感情なの」

「でも、私……」

「だって、みんな黒様から遠ざかるもの。化け物だって怯えて、蔑んで、あなただって本心ではそう思ってるはず」

静香は断言するが、和音は違うと心の中で否定した。

確かに彼に対する恐怖はあったけれど、彼に術をかけられる前にそれは消えていた。

術にかけられた気がしなかったのも、すでに和音の中に、クロのすべてを受け入れたいという気持ちがあったからだろう。

「だからあなたは安心して、ここを出て行って」

そう言うやいなや、静香は強く和音の背中を押し、扉を開けて別荘の外へと追いやった。

「そうだ、お別れの言葉なら伝えておいてあげてもいいわよ？」

内容にもよるけど、と微笑む静香。その姿を見て、和音は二度と彼に会えない可能性があることを、改めて感じる。

ならば万が一のために、彼に少しでも自分の気持ちを伝えておくべきだと思い、和音は中に戻ろうとする静香の腕を掴んだ。

「じゃあの、肉まん……」

「は？」

「肉まん、一緒に食べたかったって伝えてもらえますか」

言ってしまってから、もっと他に何かなかったのかと自分でも思うが、下手にしゃべって名無しを刺激するよりはマシだと思うことにする。

「そんなことでいいなら、伝えてあげてもいいけど」

静香の言葉にほっとして、和音は小さく微笑む。

「ありがとうございます」

静香に礼を言って、和音は外へと飛び出した。

コートを着ていてもひどく寒く、雨に濡れた世界は暗い。

けれどその中を、和音は一人で進んでいくほかなかった。

＊＊＊

ガタガタと窓を揺らす強い風と打ち付ける雨に、クロは不快感を覚えながら目を覚ます。

妖怪とはいえ猫の血が入っているせいか、雨は音を聞くだけでも嫌な気分になる。

こういうときは和音にくっつくに限ると思いながらシーツを弄《まさぐ》るが、指先はむなしく空を切るだけだった。

「……和音？」

勢いよく身を起こすと、定位置に彼女がいない。

嫌な予感がして辺りを見回すと、昨日クロが強引に脱がせた彼女の服も見当たらなかった……。

「うそだ、どうして……」

自分の側から離れないよう、強く暗示をかけたはずなのにと思いつつ、クロは手早く服を身につける。

もしかしたら先に起きて居間に下りたのかもしれないと階段を駆け下りたが、聞こえてきたのは和音の声ではなかった。

「なんでって、あの子が勝手に出て行ったのに止める権利なんてないでしょう」

「でも一言もなく出て行くなんておかしいですよ！　あの方は、兄さんを好いていらっしゃったのに！」

「だから、それは黒様が術をかけたからよ！」

聞こえてきたのはトラと静香の言い争う声で、その内容にクロはふらつき、壁に手をついた。聞こえてくる会話を嘘だと思いたかったが、言い争う声は止まらない。

「側にいたのだって、彼女の意志じゃなかったはずよ」

「でもあの方は、発作で倒れた兄さんに寄り添い、心から心配していました。自分にできることはないかと尋ねる声には恐怖などなかった」

トラの言葉に、クロははっと顔を上げ、それから二人がいる居間へと駆け込む。

「今の、どういう意味……？」

そして彼は、強い力でトラの肩を摑む。

「和音は俺を、怖がっていたんじゃないのか？」

クロの言葉に、トラは怪訝そうな顔をする。

「まさか覚えていないんですか？　妖怪の姿のまま、和音さんにすがりついてたじゃないですか」

「覚えてない……あの夜のことは何も……」

和音に会いたくて急いで家に帰って、そこから先の記憶はどこにもないのだ。

気がつけばこの別荘にいて、和音の目の前で変身してしまったという事実しかわからない。

「それに俺を怖がってないなら、なんで和音は……」

広い居間を見渡しても、和音の姿はどこにもなく、彼女が手にしていた僅かな荷物やコートすら残されていない。

ならばと思い、彼女のスマホに連絡するが、結果は電源が入っていないという音声が繰り返されるだけだ。

「家に帰ったなら、追いかければ間に合うかもしれない」

「もしかして、黒様はあの子を追う気ですか？」

「当たり前だ」

「で、でも……彼女は追いかけて欲しくないかもしれないし……」

クロは、静香の言葉に含みを感じ、彼女の細い腕をきつく掴んだ。

「何か知ってるな？」

「わ、私は何も……」

「なら、無理やり聞きだすだけだ」

クロの言葉に、静香が慌てたように服の下から紅色の首飾りを引っ張り出そうとする。

それが妖怪の力を鎮めるときに使っている法具の勾玉《まがたま》だと知っているクロは、その手を払いのけ、首飾りを首から引きちぎった。

「最後の忠告だ、知っていることを吐け」

言うと同時に首飾りを投げ捨てると、静香は怯えた顔でクロを見上げた。

「ただ、出て行くところを見ただけで……」

「なぜ止めなかったんだ」

「だって、あの子も他の女たちと同じだと思って……」

「和音は他の奴らとは違う！」

そう怒鳴って、改めて彼女が自分にとっていかに特別だったかを自覚する。

「和音はどこに行ったんだ」

「行き先はわかりません。でも、出て行ったのは本当に自分からで……」

「そのとき、何か言ってなかったか？」

質問に、静香は何かを思い出したように小さく息をのんだ。

「肉まんが、どうとか……」

「は？」

「肉まんを一緒に食べたかったとか、そんなことを……」

でも意味がわからなくてと静香は戸惑うが、その言葉にクロの胸はきつく締め付けられる。

(約束、覚えていてくれたのか……)

あんな些細な約束など、和音はとうに忘れてしまっただろうと思っていた。

けれど彼女はそれを覚えていた。そしてその言葉をあえて残したのなら、自分のことを嫌いになって出て行ったわけではないのだと彼は確信する。

(なら、どうして……)

彼女がいなくなる理由はいったいなんだと考えた瞬間、クロの脳裏をざらりとした不快感が駆け抜ける。

何の前触れもなくよぎった不安は、和音を誰かに取られるのではないかという恐れから来るものだった。

そしてその恐れには覚えがある気がして、クロは必死に記憶をたぐり寄せる。

（でも誰に取られると思ったんだ……。和音には、男の影なんて……）

なかったはずだと考えた瞬間、クロはついに思い出した。

「あの下着……あいつだ……」

頭痛を伴いながら蘇った記憶に、クロは恐怖と後悔、そして焦りを抱く。

「下着だ……それにあの箱……ダイヤ……なんで忘れてたんだ……」

独り言をこぼすクロにトラと静香が不安そうな顔をするが、二人に説明している暇はない。

「和音を取り戻しに行ってくる」

「取り戻すって、どういう意味ですか!?」

説明を求めてトラが腕を伸ばすが、次の瞬間クロは獣の姿となり、窓を蹴破って雨の中へと飛び出していた。

和音の居場所はまだわからないが、だとしてもすぐに突き止めればいいだけだ。

彼女を取り戻すのだと、クロの頭にあるのはそれだけだった。

＊＊＊

雨の中を四十分ほど歩き、和音がたどり着いたのは、そこそこ名の知れたホテルチェーンが経営する、リゾートホテルだった。

ずぶ濡れのままやってきた和音にドアマンが驚きタオルを差し出してくれるが、それを断って和音はフロントに駆け込む。

「あの、宿泊している知人に会いに来たんですけど」

アプリに届いた文言通りの言葉を告げ、自分の名前を伝えると、僅かな間の後「承っております」と笑顔が返ってくる。

ルームナンバーと共に差し出された鍵を受け取り、エレベーターにのって最上階へと上がる。

表示される階数が増えるにつれて心拍数が上がり、和音の身体は勝手に震えていく。

しばらくして、エレベーターは最上階にたどり着き、小気味いい音と共に扉が開いた。

「おかえり」

そこで和音を出迎えたのは、穏やかな声と笑顔だった。そしてそれを見た瞬間、和音は目を瞠る。

「あなたは……」

「あ、もしかして覚えててくれたんだ」

そう言って和音の腕を摑んだのは、以前和音に声をかけてきたフロントマネージャーの男だった。

「え、あの、どうして……」

見知った人物がいたことで、逆に和音は混乱する。まさか彼が名無しなのだろうかと尋ねようとしたが、彼は和音の腕を乱暴に引き、エレベーターの正面にある、扉へと向かう。

「ほら、行こう。和音ちゃんのために部屋を用意したんだ」

男が宿泊しているのはスイートルームの一つであるらしく、この階にはこの部屋しかないようだ。

ということは、泣いても騒いでも他の人に聞こえることはないし、宿泊客のプライベートを尊重するホテルであれば、こちらから呼ばない限り人はここまで来ないだろう。

「あとそうだ。そのスマホ、もらっておこうか」

彼は和音が握りしめていたスマホを奪うと、それを壁に叩き付けて壊す。

「安心して、またすぐ新しいのを買ってあげる」

そのスマホのカメラだと、盗み見するのには画質がいまいちだし、と微笑む男の言葉から察するに、彼はスマホのカメラを利用して、居場所や行動を監視していたのだろう。

「そんな怖い顔しないで、ほら入って」

あくまでもにこやかな顔で、男は和音を部屋の中へと招き入れる。

震えながらも懸命に足を動かし部屋へ入ると、男は扉を閉め、しっかりと鍵をかけた。

「くつろいでって言っても無理かな。でもおかしなことはしないでね、和音ちゃんの反応次第で僕が何をするか、わかってるよね」

口調は穏やかなのに、和音を見つめる目はまったく笑っていない。

それが恐ろしくて、和音は震えながら頷くことしかできなかった。

「とりあえず何か飲む？」

「いえ……」

「そう？　気分が楽になるもの、用意してるよ」

ゆったりとした足取りで窓際まで移動した男はテーブルの上に置かれたワインを指さす。

親切心から言っているようにも見えるが、何を入れられているかわからないものを飲む気にはならない。

「とりあえず側に来なよ。僕はあの男と違って、和音ちゃんを無理やり犯したりはしないから」

「……動画、消してください」

「そういう話は、今はよそうよ」

「今……消してください！　お願いします！」

「なら側に来てよ。それに頼み方、あるでしょ？」

歪んだ笑みを口元に浮かべ、男はソファに座ると、和音を手招きする。

それに従い、恐る恐るソファに腰を下ろすと、男は和音の身体に腕を回してきた。

「……っ！」

「ようやく、こうできたね」

ぎゅっと抱きしめられただけなのに、和音は全身に鳥肌が立つ。すると、男はなだめるように、和音の頭を撫でた。

そのせいで和音の震えは強くなるけれど、彼はねっとりとした手つきで彼女の髪を撫で続ける。

「かわいそうに、こうやって震えるのはきっとあの男のせいだろ？」

「それは……クロのことですか……？」

「和音ちゃんを無理やり犯すなんてひどい男だ。いや、そもそも男じゃないのかな？」

「……いつから、見ていたんですか」

「この目で見たのはあの晩が最初だよ。君に贈り物を置いて、喜ぶ姿が見たくてカメラを仕掛けたんだ」

やはりあの下着は彼からの贈り物だったのだろう。それをどうしてクロからだと勘違いしてしまったのかと、和音は後悔にさいなまれる。

「でもあの男が和音ちゃんに言い寄ってたのは知ってた。僕はあいつよりもずっとずっと前から君を見てたからね」

「でも私、あなたのこと……」

「小島《こじま》だよ、小島透《とおる》。何度か話しかけたこともあるのに、覚えてないなんてつれないな」

確かに以前から、時折話しかけられた記憶はあるがそれは同僚として軽く声をかけられた程度のものだった。

しかし小島はそれを特別なものだと思い込んでいるらしく、「和音ちゃん」と呼ぶ声は気味が悪いほど親しげだった。

「和音ちゃんはすごくシャイで、そこがずっとかわいいと思ってた。それに同僚思いで、実は隠れた才能もあって、そういうところもいいなって思ってたんだ」

小島は、和音のことをいかに気に入っていたかを嬉々として語り出す。

同僚とのやりとりに感心したこと、美しい英語の発音に驚いたこと、よく見ると綺麗な顔をしていること……、すべては和音を褒める言葉なのに、ねっとりとした口調で紡がれる言葉には気持ちの悪さしか感じなかった。

「それで、いろんな方法で君を見てたんだ」

隠れて盗撮していたことさえも得意げに話され、和音は穏やかな表情とのギャップに戸惑う。

「だから和音ちゃんを、ずっと側に置きたくてたまらなかった。社員にも何度か推薦したんだよ」

あのときは断られて傷ついたよと、ふいに低くなる声に和音はぞくりとする。

「でも君がシャイなのは知ってたし、ぐいぐい来られるのも苦手だろうから遠慮してたのに、あの男……」

明るい口調から一転し、小島は痛いほどの力で和音を抱きしめる。

「いやっ……！」

あまりの痛みに悲鳴を上げても腕の力は弱まらず、小島は虚ろな目でじっと和音の首筋を見つめていた。

「あいつ、僕の和音ちゃんに跡までつけて……」

僕のなのに。僕のなのに。僕のなのに……。

虚ろに繰り返しながら、和音の首筋に散る赤い跡をただただじっと見つめる彼は、まるで亡霊のようだった。

「跡、体中についてるの……？」

「それは……」

「まあいいや、あとでゆっくり確認するよ。新しく買った下着も着て欲しいし、それにあの男が選んだものよりもっと君に似合う服も買ったんだ。僕はこう見えてあの男に負けないくらいお金もあるし、それを証明したかったからこの部屋も予約して、和音ちゃんをここで愛したくてウズウズしてた」

男は気持ちの悪い笑みを浮かべながら、ただひたすらしゃべり続ける。

和音を好きだと言いながら、彼は和音の言うことはまったく聞こうとしない。

相手が異常者であることは察していたけれど、一方的に言葉をたれ流し続け、和音を痛いほどの力で抱きしめる彼には、人の言葉など何一つ通じない気がする。

「そうだ、やっぱりワイン飲もうよ。君はすごく緊張しているみたいだし、またあのお薬をあげるから」

「薬……？」

「下着に塗っておいたやつだよ。身体を楽にして、あそこをぐちゅぐちゅにするやつ。カメラで見てたけど、和音ちゃんはあれにすっごく弱いみたいだね」

あのとき身体がおかしくなったのはそのせいなのかと納得すると共に、あれもまた仕組まれていたことだと思うとぞっとした。

しかしやはり小島は悪びれる様子もなく、楽しげに微笑む。

「もともとあれは液体だから、口から飲んだらもっとすごいよ」

「いやです……飲みたくない……」

「遠慮しなくてもいっぱい用意してあるから大丈夫だよ。飲んだら、もっとリラックスできるし！」

「いやです、おねがい！」

「こんなときでも遠慮するなんて君は本当に奥ゆかしい子だね。でも僕、薬でとろとろになった和音ちゃんとエッチしたいんだ」

そのまま腕を強く引かれ、和音は咄嗟に足を踏ん張る。けれど小島の力は想像以上に強く、和音は床へと倒れ込む。

「痛っ――！」

和音が倒れてもなお、小島は強引に腕を引くのをやめない。それどころか和音の腕と共に髪までつかみ、容赦なく引っ張った。

「ほら、早く飲もうよ」

無邪気な子どもが人形を引きずるように、髪をむんずと摑んだまま小島は歩き出す。体勢を立て直せぬまま引きずられ、激痛に「やめて」と叫ぶが彼は聞く耳さえ持たなかった。

あまりの痛みに涙がこぼれるが、非力な和音では拒むことすらできない。

男相手に本気で抵抗できるとは思っていなかったけれど、これほどまでに一方的に虐げられ、交渉もまったくできないなんてと、和音は悲鳴を上げながら悔しさのあまり唇を噛む。

「……けて……クロ……」

思わずそうこぼすと、男はピタリと歩みを止め、感情の読めない不気味な顔を和音に向ける。

その拳がきつく握りしめられていることに気づき、殴られる予感に身を固くした。

――だが、悲鳴を上げたのは男の方だった。

「わあああ、離れろ……やめろおおおお！」

ガラスの割れる大きな音がした直後、小島は悲鳴を上げながら地面を転がる。

その身体には真っ黒な影が纏わりついていた。影が震えるたび小島の悲鳴は大きくなる。

「……ッ、クロ！」

涙を拭って目をこらせば、小島に纏わりつく影は妖怪の姿に変わったクロだった。

彼は小島の肩に食らいつき、低く恐ろしいうめき声を放っている。

「和音さん！」

そのとき、聞き覚えのある声と共に入り口の扉の鍵がガチャガチャと鳴った。

直後、勢いよく扉が開き、雨に濡れたトラと静香が部屋に入ってくる。その足下には何匹もの猫がいて、彼らは気遣うように和音の方に駆け寄ってきた。

（良かった、伝わったのね……）

和音がこの場所を、そして危機を伝えるために用いたのは猫だった。

この雨なので何匹の目にとまるかはわからなかったけれど、時折現れる彼らを撫で、そのたびに『助けて欲しい』と目と手で訴えてきたのだ。もしクロが異変に気づけば、きっと彼らを使って捜してもらえると信じて。

そして期待通り、猫たちはクロだけでなくトラと静香も連れてきてくれたことに、和音は心の底から感謝する。

だが彼の登場にほっとしたのもつかの間、クロの牙の間からゴボゴボと溢れる血に気づ

き、和音は青くなる。

「クロやめて、それ以上やったら死んじゃう!!」

慌てて声をかけるが、クロは牙を収めるどころか小島の身体を乱暴に振り回している。どうやら彼はまた理性を失ってしまっているらしい。

「静香さん、クロを止めてください……!」

自分の声は届かないと思い、和音は静香に呼びかける。するど静香は大きく頷き、胸に手を当てた。

「あ、どうしよう……」

けれど彼女は急に青ざめ、着ているコートのポケットを弄りながら「どうしよう」と繰り返す。

「何してるんですか、早く兄さんを止めてください」

「そ、そう言われても……」

「出て行けというなら今すぐ部屋を出ますから、早く！　このままでは、兄さんが人殺しになってしまう！」

「でも私、できない……」

トラと共に和音がえっと声を上げると、静香は泣きそうな顔で胸を押さえた。

「儀式に使う勾玉がないの。あれがないと私、何もできない」

「でもあなたは巫女でしょう！」

「私自身には力なんて何もないのよ！　勾玉の力を使うだけ。でもさっき、クロに引きちぎられたことを忘れていて……」

とにかくできないと、泣きながら静香が繰り返したとき、ひときわ大きな悲鳴を上げて、小島がぐったりと動かなくなる。

（今すぐ止めないと、間に合わない……！）

静香ができないとしても、このまま何もせず黙って見ていることなどできなかった。

意を決し、和音は鞭のようにしなる太い尾を避けながら彼に近づく。

「クロやめて！　私はもう大丈夫だから！」

大きくしなった尾をくぐり抜け、クロの側へとたどり着くと、小島から引き剝がそうと彼の首に腕を回した。

「お願い、その人を放して！」

大きな声を出すのがあまりに久しぶりなせいか、声はすぐにかれてしまう。

けれど「大丈夫」と「放して」を繰り返しながら彼をぎゅっと抱きしめていると、ふっとクロの身体から力が抜けた。

彼はゆっくりと小島から牙を放し、和音の方を振り返る。

ほっとして彼の頭を撫でると、豊かな毛並みが消え去り、代わりに逞しい腕が和音を抱きしめた。

その隙に、小島に駆け寄ったトラが彼の肩の傷を止血し、脈を測る。

「大丈夫、まだ生きてます」

その言葉に安堵の息を吐き出し、和音が人の姿に戻ったクロをぎゅっと抱きしめると、身体に回された腕の力がさらに強くなる。痛いばかりだった小島の抱擁《ほうよう》とは違い、クロは和音を気遣ってくれていた。

「ありがとう」

その優しさを愛おしく思いながら、和音はクロの耳元で囁いた。

「それは俺のセリフだ」

和音の頬に優しくキスをして、彼は倒れている小島の方へ目を向ける。

「悪いが、そこの男はトラに任せていいか？　そいつの顔を見ていると、また化け物に戻りそうだ」

「もちろんそのつもりですよ。こちらで手を回しておきますので、お二人はひとまず別の部屋に移ってください」

それにその姿は目立ちすぎますとトラが指さしたのは、小島の血で真っ赤に塗れたクロの服だった。

それに気づいたクロは気まずそうな顔で側から離れようとするが、それよりも早く和音はクロの腕を摑む。

「一緒に行きましょう」

優しく腕を引けば、クロはためらいながらもゆっくりと歩き出した。

第九章

「あの男は、警察に逮捕されたそうだ」

クロの口から報告を受けたのは、小島に呼び出されたのとは別のスイートルームでのことだった。

あんな騒ぎの後で追い出されないかと心配だったが、どうやらこのホテルの経営会社も妖怪の血を引く一族らしく、事情を知るとすぐにこの部屋と医者を手配してくれたのだ。

やってきた医者に診察をしてもらった結果、和音の怪我は擦り傷と軽い打撲《だぼく》程度で、一週間もすれば傷跡も消えるだろうとのことだった。

常軌を逸した男に乱暴されて大事にならなかったのはクロのおかげだと思うのに、医者が出て行き小島が逮捕されたという話を和音に告げた後も、彼は浮かない顔をしていた。

その表情からは自責の念が見て取れて、和音は彼に近づき腕を取る。

そのままクロをソファまで引っ張ってきて、一緒に腰を下ろして、彼の髪を優しく指で梳《す》けば、彼の口から「ごめん」とかすれた声がこぼれる。

「俺が馬鹿《ばか》みたいに暴走しなければ、和音を危険な目に遭わせずに済んだのに」

「馬鹿なのは私も同じです。小島にあんなに執着されていたのに気づかなかったし、それにあの下着も……」

そもそも安易にあの下着を身につけさえしなければ、クロを怒らせることもなかったし、事態がこんなにこじれることはなかったのだと謝る。

「あのときのことも、本当にごめん。……君を無理やり犯すなんて」

「やっぱり忘れていたんですね」

「ああ」

ではあのときの怒りも思い出してしまったのだろうかと不安になるが、和音を撫でる手つきはどこまでも優しい。

「和音に好きな男がいるんじゃないかと勘違いしたんだ。君が纏っていた淫らな下着とそこに残る男の香りを嗅いだら頭がおかしくなって……」

「それはたぶん、クロのせいだけじゃないです。あの下着、変な薬が塗ってあったみたいだからきっとクロも……」

媚薬の一種のようだったと説明すると、クロは大きくため息をついてうなだれた。

「でも、だからといって許されることじゃない。それに俺は、その後和音に内緒で術までかけたんだ……。俺を怖がり、去ってしまうかもしれないと思ったら耐えられなかった」

「そんな理由で去るなんてあり得ないのに」

「でも化け物になった俺を見て、平気でいた人なんていないから」

「確かに最初は驚きましたし少し怖かったけど、むしろ……ちょっとかわいいって、思っていたくらいで」

素直に告白すると、クロはがばっと身体を離し、真剣な顔で和音の頭を弄り始めた。

「やっぱり和音、頭を打ったんじゃない？」

「違います……！　だってクロは大きくなっても、クロのままだったし……」

和音の裸と対面したトラに嫉妬していたことや、側に座って欲しいと袖を引いたことを教えれば、クロは珍しく真っ赤になって手で顔を覆った。

「トラも言ってたけど、嘘じゃなかったんだ……」

「はい。だからその、かわいかったです」

「でも、見かけは恐ろしいだろう？」

「確かに牙はすごかったですけど、そういう動物と思えば特には。それにモフモフでしたし」

心地よかったと告白すれば、クロは目を見開いて、改めて和音をぎゅっと抱きしめた。

「……ずるい」

「えっ？」

「和音はいつも、俺が嬉しくなることばかり言う」

俺の方が和音を喜ばせたいのにと拗ねるが、それは和音のセリフだ。

「クロが思うよりずっと、私の方が嬉しがってますよ」

「嘘だ。和音は俺が何をしても困った顔ばかりするじゃないか」

「う、嬉しいからこそ困るんです。私は何も、お返しできないから」

「本当に？」

「確かに高価なプレゼントをいただいたときは本気で困りましたけど……。でも嫌だと思ったことは一度もありません」

ただそのお礼ができないのが辛いし、自分のつたない言葉と表情筋の死んだ顔では、喜びより先に困り顔が出てしまうのだと告げる。

「嫌じゃないなら、これからも色々して構わない？」

「それは嬉しいですけど……」

「けど、何？」

「私ばかり甘えるのは嫌なんです。だから何か、私にできることがあったら言ってください。クロにはもっと甘えて欲しいし、今はまだ情けないけど、頼ってもらえるように、頑張りますから」

ずっと言いたかった言葉を告げると、クロは一瞬目を瞠る。それから彼は幸せそうな、けれどどこか泣きそうにも見える顔で髪を掻き上げた。

「今でも十分、和音には甘えてるよ」

「でも今の自分では足りない気がしているんです。私、これからもクロと一緒にいたくて……、だからもっと……」

勇気を出して紡いだ言葉は、荒々しい口づけに塞がれる。

「足りないどころか、十分すぎるくらいだよ」

「本当に？」

「当たり前だよ。俺がどれだけ君に救われ、君を必要としているか、もしかして伝わってない？」

目をぱちぱちと瞬かせる和音を見て、クロはがっくりと大きくため息をつく。

「あの……」

あまりの落胆ぶりに、和音がおろおろしていると、彼は頭を起こし、真剣な目で和音を見つめた。

「好きなんだ。術で無理やり縛り付けたいと思うくらい、和音が好きだ……。だから、君に甘えていいっていうなら、君のすべてが俺は欲しい」

「好きって、まさか本気で……？」

「こんなタイミングで嘘なんてつかない。それに俺はずっと、好きだって言ってたじゃないか」

「でも、それは……」

「軽いノリとか冗談だと思ってた？」

図星を指され、和音は言葉に詰まる。

「まあそう思われるのは自業自得だけど、俺の気持ちは和音が思ってるものよりたぶんずっと重いよ」

だから、和音の気持ちが同情とか親切心だけだとしたら、甘やかすなんて言わないでと、クロは切なげな声で呟いた。

悲しげに伏せられた顔を見て、和音は自分の態度が彼を傷つけていたことに今更思い至る。

自分の卑屈さは自分が傷つきたくなかったがゆえの予防線だった。でもそのせいで逆に、彼を傷つけていたのなら、クロのためにも気持ちを伝えなければと強く思う。

「私も、クロが好きです。側にいるのは同情とか親切心じゃなくて、私がただあなたの側にいたいって思ってるからで……」

「なら、もう遠慮はしない」

だからあの夜をやり直させてと言うクロに、和音は頷き微笑んだ。


クロの手によって一糸纏わぬ姿にされた和音は、彼がゆっくりと着衣を取り払うのを眺める。

服の上からでも彼の身体が逞しいことはわかっていたけれど、服の下から現れた肉体は息をのむほど美しく、しなやかだった。

「そういえば和音の前で脱ぐのは初めてだね」

和音が見惚れていることを察したのか、クロは「緊張するね」と笑う。

「和音のお眼鏡に適うかな」

「いえ、むしろその……素敵すぎてどうしたらいいかわからないくらいで……」

「気に入ってくれたなら嬉しいけど、緊張しなくていいよ。いつもみたいに、俺に任せて」

抱き寄せられ、和音はクロの腕にぎゅっと閉じ込められる。直に肌を重ねると二人の温もりが溶け合うような心地よさが訪れ、それだけで和音の胸は疼く。

「あっ……」

裸のまま絡み合い、深い口づけを繰り返しながら、お互いの存在を確認するように肌をすりあわせる。

少しずつ深くなっていく口づけにあわせ、シーツの波を漂っていた手のひらをぎゅっと握られると、それだけで胸がいっぱいになった。

（きもち……いい……）

そう思う一方で、クロの手によって快楽に馴らされた身体は物足りなさも感じている。

もっと深い場所で彼を感じたいと言うように、和音の秘所は彼を求めて蜜をこぼし、彼女の太ももを濡らしていく。

「あッ……クロ……」

「和音、もっと……」

お互いの名前を呼び合いながら、吐息と舌を絡ませる。クロの巧みな舌使いにはまだ翻弄されるばかりだけれど、クロが自分とのキスに夢中になってくれるのが嬉しくて、和音は恥じらいも忘れて舌を絡めた。

そうしていると、背中に回されていたクロの手のひらが脇腹をゆっくりと撫で始める。和音の感じる場所を知り尽くしているクロは、指と手のひらを巧みに使い、和音を責める。それに抗うすべはなく、和音はぞわりと肌を粟立たせながら、四肢を震わせた。はしたない声がこぼれそうになるけれど、唇はまだクロに捕われていて、熱を帯びた吐息だけがキスの隙間から逃げていく。

「ン……んっ、ん……」

クロは和音を組み敷くと、脇腹を撫でていた手を胸へと移動させた。すでに乳首は熟れた果実のように赤く立ち上がり、クロに食べられるのを待っているかのようだった。

「今度はこっちにキスしようか」

胸の先端に唇を寄せられ、頂をぺろりと舐められる。これまで何度も乳首を責められてきたせいか、舌先がもたらす僅かな刺激だけで、和音の秘裂からさらに熱い蜜がこぼれ出す。

「あっ……だめ……」

「でも和音、こうされるの好きだろう？」

「すき……だけど……」

「好きなら素直になって」

最初は軽くついばむような優しいキスだったのに、和音の気持ちを引き出すためか、彼はわざと乳首を強く吸い上げた。

「ああっすきッ……すき……」

「じゃあもう片方もだ」

快感に揺れる乳房を捏ねられながら、唇で甘美な刺激を加えられる。唾液で濡れた頂《いただき》はクロの舌によって赤く熟れ、さらなる愉悦を求めるように上を向いている。

「どっちが気持ちいい？」

「わからない…」

「なら、もっと強くしようか」

クロの質問に素直に答えるのは恥ずかしくて、どうしても躊躇《ちゅうちょ》してしまう。

(でも私、こうするのが好きなのかも……)

きっと和音は快楽に弱いのだ。クロに抱かれ、キスをされただけで淫らな気持ちになってしまうし、それどころか、もっと激しくして欲しいとさえ願ってしまう。

けれどそれをもう隠す必要はないし、隠していたせいでクロを誤解させたのだとしたら、この気持ちはきちんと口にしようと心に決める。

「どっちも……すきです……」

「じゃあ両方同時にしようか」

「あっ……そんなっ……！」

唇で右の乳房を食まれ、もう片方を大きな手のひらで包み込まれる。

舌と指先で同時にもたらされる強い刺激はあまりに甘美で、和音の腰がビクンと大きく跳ねた。

「和音の大事なところ、キスして欲しいって暴れてるね」

「んっ……して……、してください……」

「いいよ。和音の望むことは全部してあげる」

すでに蜜がしとどにあふれ出した秘所に、クロは吸い付くように唇を押し当てた。

「はぅっ……あっ……すごい……」

襞を舌先で掻き分けられ、クリトリスをちゅっと吸い上げられると、声が抑えられないほど気持ちよくて、和音は恍惚とした表情を浮かべる。

しかしそれはまだ序の口で、クロの厚い舌はぴちゃぴちゃと蜜を掻き混ぜながら、和音の中へと進み出す。

（クロの舌が中に……）

舌先を器用に使って入り口を押し広げ、クロは和音をほぐしながら中を抉る。

彼の舌は長いのか、刺激は蜜口の奥まで届いて、和音は甘い悲鳴を何度も上げた。

強すぎる刺激に意識が飛びかけ、いつしか和音の目からは涙がこぼれていた。

けれど絶頂に達する寸前、クロは舌を引き抜いた。

「あっ……」

「そんな寂しそうな顔しないで。続きはこっち」

獣が獲物に食いつくときのように、しなやかな動きで身体の位置を変えながら、クロはすでに硬くなった肉棒で和音の腹部をくすぐった。

先端はすでに濡れていて、彼が自分の身体を求めてくれていることがよくわかる。

「少し痛いかもしれないけど、今日は術を使いたくない。……いい？」

クロの言葉に和音が頷くと、彼は慣れた手つきで避妊具をはめた。

「苦痛が我慢できなくなったら、言って」

「痛くても構いません……。そのまま……クロを感じたいです……」

「……ああもう、煽らないでくれ」

「……クロの、好きなようにして大丈夫ですから……」

「そうしたら、和音が壊れちゃうかもしれないよ」

「大丈夫です……。だって、クロの望むこと……全部して欲しい……」

そう言ってクロの身体に腕を回せば、彼はびくりと震えた後で、大きく息を吸い込み、和音の腰をがっちりと摑んだ。

そのまま覆い被さるようにして身体を倒すと、クロの熱塊がゆっくりと挿入される。

「あっ……」

「少し、我慢して」

熱く硬い肉棒はいつもより大きく太く感じたが、すでに蕩けきっていた和音の秘所は、クロの熱を易々と受け入れ、奥へ奥へと誘っていく。

和音の中はクロに絡みつくように動き、放すものかと言いたげに、彼をきゅうっと締め付けた。

「最初にゴムをつけておいてよかった……。そんなに締め付けられると、すぐいってしまいそうだ」

和音の腰を摑んだまま、僅かに身体を浮かせると、クロはゆっくりと蜜穴を穿ち始める。

「あっ……中が……」

「気持ちいい？」

「いい……あうっ、ああ」

胸や花芽に触れられたときに感じた気持ちよさとも違う、濃厚な快楽に支配され、和音は泣きながら身悶えた。

「ここ、ぐりぐりされるといいんだ」

「いい……です。……ああっ、いっちゃう」

「なら……一緒にいこう」

抽送はどんどん激しくなり、肌を打ち付ける打擲音が嬌声に混じる。高まる愉悦に翻弄されつつ、それでもクロの存在を失わないよう彼の肩をつかみながら、和音は淫らに啼いた。

「あっ……クロ、いっちゃう……もう……」

「和音……和音……」

「っ、ああ、あああッ！」

ひときわ甲高い嬌声がこぼれ、和音の意識が焼ける。

クロも切なげに顔を歪め、ぐぐっと最奥を抉ると、細腰を摑む手に力を込めた。

「くっ……」

息を詰めた後、彼はぶるりと腰を震わせる。すでに蕩けきっていた和音の中で、彼の熱が爆ぜたのがわかった。

だがその熱が冷めてもなお、彼は和音の中から出ようとしなかった。まるでこれが夢でないと確認するように、クロは汗に濡れた和音の身体を抱きしめてから、ふうっと息を吐き、和音の側にゆっくりと倒れ込む。

隣に横たわる彼を無意識に抱き寄せると、クロは再びピタリと肌をあわせてくる。

「ああ、和音の中にいる……」

彼の言葉を聞き逃したくなくて、和音はその逞しい身体にすり寄った。

肌だけでなく内側でもクロの熱を感じていると、お互いの境界線がぼやけ、まるで彼と一つになったような錯覚を覚える。

「もう少しだけ、このままでいい……？」

「はい……私も、こうしていたいです……」

隙間なく繋がって、彼と溶け合う感覚に溺れていたい。

願いは同じだったようで、二人は繋がったまま、もう一度口づけを交わした。

＊＊＊

腕の中に和音がいる幸せをかみしめながら、クロは彼女の髪にそっと顔を埋める。

ゆっくりと時間をかけて愛し合ったあと、彼は満ち足りた気持ちで和音の温もりを堪能していた。

「クロ、くすぐったい」

「もう少しだけこうさせて。幸せすぎて夢じゃないかと心配なんだ」

「その感覚……少しわかる気がします」

腕の中でもぞもぞと身体を動かし、和音がクロと向き合うように身体を横にする。

黙ったままでいる自分を怪訝に思ったのか、疲れた顔をしている彼女の方が、なぜか心

配そうな眼差しを向けてくる。

「でも、もう大丈夫なんですか？」

「もしかして、まだしたい？」

「そうじゃなくて、今日もその……クロに色々してもらうばかりだったので」

十分すぎるほど気持ちよくしてもらったというのに、本人はそれに気づいていないらしい。

「あのね、今も平静に見えるかもしれないけど、正直和音と抱き合うだけでイキそうになるんだ。だから君に色々してもらうのは、もう少し冷静になれるときにする」

それに……と、和音の唇を撫で、彼は「ごめんね」と囁いた。

「ああいう、咥えさせられるの、本当はいやだろう？　あのときは術で誘導してしまったけれど、もう無理にはさせないから」

「嫌なんて、そんなことないです」

「本当に？」

「ずっと気持ちよくしてもらうばかりだったから、クロにも何かできたらって思ってましたし」

和音は頬を赤らめ、もごもごと言いよどむ。

「むしろ術に背中を押してもらったという感じで、ああいうこと、嫌いじゃないですし……」

本当は術にかかるずっと前からしたかったと、恥ずかしそうに告げる和音があまりにかわいくて、今すぐにでももう一度彼女の中に入りたくなる。でもこのところずっと、彼女に無理をさせていた自覚はあるので、クロはなけなしの自制心を総動員し、何とか踏みとどまった。

代わりに毛布の上から小さな身体をぎゅっと抱きしめる。

「ならまた今度お願いしよう。これからはずっと、毎日、昼も夜も和音といちゃいちゃしたいし」

「ひ、昼も夜もは無理です……」

「いいじゃないか、恋人になれたんだし」

「でも仕事があるでしょう？」

「和音と一緒にいられるなら仕事なんてどうだっていい」

クロは茶化すように笑ってみせるが、和音は珍しく不服そうな顔をする。

「嘘はだめです」

「嘘じゃないよ」

「でもクロは、仕事が好きでしょう？　今はよくても、こうしてだらだらするだけなんてきっとすぐ飽きます」

そんなことはないと否定しようとしたけれど、まっすぐな瞳がそれを許さない。

「確かに、仕事は嫌いじゃないけど……」

「むしろ大好きでしょう？　それなら、私だけに満足してたらだめです」

子どもを叱るように窘められて、クロは改めて彼女には敵わないなとしみじみ思う。

「トラさんに聞いたんです。力のせいであなたが今の仕事を辞めようって思ってること」

「それで、説得を頼まれたの？」

「いえ、ただ私も辞めるなんて絶対ダメだって思ったから……」

和音は言葉を切り、僅かに目を伏せながら、かけるべき言葉を必死に探しているようだった。

彼女のこの、急がないしゃべり方がクロは好きだ。一語一語、相手を傷つけないように、言葉を間違えないようにと考えながらしゃべるところが、たまらなく愛おしい。

「あなたの顔も知らなかっただめな従業員だけど、今はクロのホテルで働けることをすごく嬉しいって思ってるんです。ホテルの方針や経営理念はすごく共感できるし、何よりクロのホテルはどれもとても素晴らしいから」

「改めて褒められると照れるね。でも、今は立派に見えるかもしれないけど、俺だって昔は……」

そこまで言って、クロは慌てて口をつぐむ。

思わず告白しかけたのは、妖怪の姿よりもっと醜くて情けない自分の姿だ。

それを伝えたりしたら、彼女に幻滅されるのではとひるむ気持ちが、クロの喉に蓋をする。

「……クロ？」

けれど先を促すように優しく名前を呼ばれると、幻滅される恐怖よりも、彼女に自分を知って欲しい気持ちがあふれ出した。

自分を受け入れてくれた和音なら、どんな話でもしっかりと耳を傾けてくれる気がした。

「俺の会社が、以前傾きかけたのは知ってる？」

「はい、それを立て直したのがクロだって前に聞きました」

「そもそも、その傾いた原因は俺なんだ」

クロの言葉に和音は驚いた顔をするが、すぐに先を続けるようにと頷いてくれる。

「俺の親父は最低な上に商才のない男でね。祖父が亡くなるなり、会社を私物化し、自分の気の向くまま好き勝手をしていたんだ。当然会社は何度も倒産の危機に見舞われたし、そうなれば周囲の人間も黙っていない……。だから親父は、そこで俺を使ったんだ」

「使うって、クロの力……ですか？」

「俺の力を使えば人の心は思いのままだろ？　自分の失敗を他人になすりつけるのも簡単だし、社員たちの心をねじ曲げればリストラどころか依願退職だってさせられる」

「ひどい……」

「でも小さい頃の俺は親父に言われるがままだった。彼を尊敬もしていたし、何より褒められるのが嬉しかったんだ。……でも年を取るにつれて、それが間違いだと気づいた」

父のやり方はあまりに身勝手で、何一つ会社のためにならないということを察するようになったのは中学に入ってからだ。

　思春期でもあり、次第に反抗するようになったクロに父は激怒した。父は自分の手駒《てごま》を増やすために多くの愛人を作り、子をなしたが、その時点で妖怪の力を持つ子どもはクロしかいなかったから、当時彼はひどく焦っていた。

「力を使わないといったら、ひどい折檻をされたのを覚えてる。でもそれでも、俺は力を使わなかった」

「それで、お父様は心を改めてくださったんですか？」

「そうなったら良かったけど、結局俺が病院送りになるまで殴られて終わりだよ。このままじゃ何も変わらないって気づいて、それで静香の親父さんの助けを借りて、経営の勉強をするために海外に行ったんだ。妖怪の力なんて頼らずに、会社を立て直したいって思って……。それから約七年後、海外での勉強を終えて、俺は親父のもとに戻った」

　二度と虐げられないよう身体も鍛えていたが、そんなことをしなくても彼の身体は父親よりずっと大きくなっていた。

　そして幸か不幸か、クロには父親よりビジネスの才能もあった。

「俺のいない間に会社はさらに傾いていたけど、妖怪の力を使わず立て直すと親父に宣言した。それどころか今よりずっと大きくすると、海外でも通用するホテルを作ると約束して、それからは死に物狂いだった」

　父親を見返したかったし、それ以上に認められたかった。

そして、安易に力を使い、不幸な目に遭わせてしまったホテルの従業員たちに、今度こそ償いたかった。

「その結果が、今の猫羽リゾートなんですね」

「でも結局、親父は一度も俺を認めないまま死んでしまった……。それどころか、使わないと決めた妖怪の力は増すばかりで……」

化け物の姿を見られる恐れもあるが、何よりも無意識のうちに誰かの心を変えてしまうのが怖かった。

「だから辞めようと思ったんだ。見返したい相手ももういないし、俺がいなくても会社は大丈夫だから」

「でもクロは、それで平気なんですか？」

静かな問いかけに、クロはそっと唇を噛む。

「……平気になろうとしたんだ、和音を利用して……」

でも、平気になんてならなかった。和音のことが知りたくてシーサイドホテルに通っているうちに、決意は揺らいだ。

和音の真面目な働きぶりを見るたび、何もできずにいる自分が苦しくなった。

和音には黙っていたが、イタリア人の親子の喧嘩を見たときも、出て行くものかと最初は思っていたのだ。

しかし結局、クロは見過ごせなかった。和音が勇気を出して声をかける姿を見たら、何もせずにはいられなかった。

あのときクロがしたことは大したことではないけれど、それでもその姿をかっこいいと言ってくれた和音の言葉はたまらなく嬉しくて、もはや決意は揺らぎ始めている。

「和音を利用して駄目なＣＥＯになろうとしたのに、結局君に諭されるなんて情けないだろう？」

「そんなことありません。むしろずっと頑張ってきたことを思えば、色々と仕方ないことだと思います」

そう言って頭を撫でられると、心のうちに秘めたわだかまりが少しずつ消えていく。

「情けない俺だけど、これからもこうして側にいてくれる？」

「もちろんですよ。それにどうせ利用するならサボるためじゃなく、仕事をするために使ってもらえると嬉しいです」

「そうだね。確かにこうしていると心が安らいで、力も落ち着いている気がする」

穏やかな気持ちで自分と向き合ってみると、気づくことがある。もしかしたら発作が何度も起きたのは、焦りや苛立ちが原因だったのではないかと。

その推測が正しければ、今後、自分の妖力をコントロールできる日がくるかもしれない。

「ありがとう。こんな俺を拾ってくれて」

奇跡のような出会いに感謝しながら、クロは和音の唇を優しく奪った。

エピローグ

クリスマスを間近に控えた十二月の下旬、シーサイドホテルはかき入れ時を迎える。

少し早い冬休みを取った家族連れの客でホテルは満室となり、すべての従業員が休む間もなく働いていた。

「やっぱり、和音ちゃんがいてくれると助かるわねぇ」

廊下に置かれたカートからアメニティを取り上げながらそう言ったのは、和音と共に上層階を担当している木村だった。

「その点フロントは大変そうよね……。あのストーカーの抜けた穴、まだ埋まってないみたいだし」

木村の言葉に、和音は曖昧な笑みをこぼすことしかできない。

クロが関わっていたことは巧妙に隠されたけれど、小島が逮捕された件はニュースにもなっていた。

相手が和音であることは一部の人しか知らないが、『社員の不祥事は隠せない』というクロの方針で、あえてもみ消すことをしなかったのだ。

クロ本人が謝罪会見まで開き、一時は週刊誌などでも取り上げられたけれど、『被害者女性のプライベートには配慮して欲しい』というクロの言葉が聞き届けられたのか、はたまた彼が裏で手を回したのか、和音が記者に追い回されるといった事態にはならなかった。

ただ、和音のロッカーに置かれていたプレゼントが小島からのものであったことが発覚し、その処分を手伝ってもらうため、木村やフェイなど一部の同僚には真実を告げていた。

その過程で知ったのだが、小島は和音以外の社員にも軽度ではあるがストーカー行為を働いていたらしく、特にフロントなど接客部門の従業員からは相当評判が悪く、彼の逮捕に喜ぶ者も多かったようだ。

とはいえマネージャーである彼が抜けた穴は大きく、それを埋めるための一人として和音の名前が挙がったこともある。

「でもあの話、本当に断ってよかったの？　フロントに来ないかって、ずいぶん熱心に言われてたし、パートから社員になれるんでしょう？」

お給料もかなり上がるみたいだし、と声を潜める木村に、和音は思わず苦笑する。

数日前、和音はイタリア人家族を仲裁した功績により、社員として接客部門で働かないかと打診されていた。

熱心に声をかけてくれたのは小島の代わりにマネージャーになった女性で、彼女もずいぶん前から和音の語学力に目をつけていたらしい。

けれど悩んだ末、和音はそれを断ったのだ。

「やっぱりフロントは、不安だった？」

木村の質問に、和音は小さく首を横に振る。

「純粋に、自分がやりたいことを優先したんです」

少し前なら考えるまでもなく断ってしまうような話だけれど、今回は和音なりに悩み、結論を出したつもりだ。

「私、今の仕事が本当に大好きなんです。最初は人見知りの自分にもできるかもって、消極的な理由で始めた仕事だったんですけど、今は毎日楽しくて」

「じゃあこれからも、お互い裏方として頑張りましょう！　いや、むしろ客室はホテルで一番大事な場所だし、むしろ私たちは花形《はながた》よね！」

そんな言葉に和音が思わず笑うと、「あらっ」と木村が驚いた顔をする。

「それにしても、和音ちゃんは最近ちょっと雰囲気変わったわよね。私とも、おしゃべりしてくれるようになったし」

「あっ、それは……」

「ズバリ、男ね！」

ビシッと指摘され、和音は真っ赤になりながら、今し方掃除が終わった部屋の扉を閉める。

「いい男？　かっこいい？」

廊下に客がいないのをいいことに、木村がにっこり笑って聞いてくる。それまでの和音なら黙ってしまうところだけれど、彼女は照れながらも頷いた。

「とてもいい方です。……口下手なのを治したいって言ったら、わざわざトレーニングにも付き合ってくれるし」

そのトレーニングは和音にとって少し厳しいものだったが、おかげで人と話すことにも慣れつつあり、木村ともこうして前よりもスムーズに会話ができている。

「何か甘酸《あまず》っぱくていいわねぇ。そういえば私もね、今の旦那と出会ったのはホテルなんだけど……」

テキパキと手を動かしつつ、木村とそんな話をしながらする仕事は楽しくて、和音は思わず笑顔になる。

その笑顔も、相づちのタイミングもまだぎこちないものだったけれど、それでも前よりずっと和音の毎日は充実していた。

＊＊＊

「おかえり、和音」

「ただいま、クロ」

扉を開けると恋人が待っている。そんな生活にも、和音はようやく慣れた気がする。

(それにこの家にも、だいぶ慣れてきたな)

小島の一件の後、和音は住んでいた家を引き払い、クロの家で一緒に暮らすことになった。

あの部屋に小島が入ったことや監視カメラが仕掛けられていることを思い出すとどうしても落ち着かず、そんな和音を見かねたクロが『うちにおいで』と言ってくれたのだ。

クロの住まいは、湾岸沿いにあるタワーマンションの高層階にある。二人でも広すぎる４ＬＤＫに、これまでよく一人で住んでいたものだとクロに言ったら『寂しかったから、和音の部屋に入り浸ってたんだよ』と彼は笑っていた。

ラグジュアリーなマンションは正直まだ少し落ち着かないけれど、気に入っているところもちろんある。

(この匂い、今日は唐揚げかなぁ……)

和音が何より気に入っているのは、広々としたカウンターキッチンだ。

間仕切りがないおかげでクロが料理をする姿をリビングからのんびり眺めることができるし、並んで料理ができるところがいい。

「ねえ、味見してくれる?」

彼は笑顔で和音を側に呼び寄せる。

あれから発作の回数も減り、仕事の量も戻しつつあるクロは、和音に料理当番を譲ることが増えた。

今日のように帰りが早い日は和音のために夕飯を作ってくれるのだが、近頃は和音が教えた地味なメニューも増え、こうして味見を頼まれることも少なくない。

「何度やっても、和音が作る唐揚げみたいにいい色が出ないんだよね」

「そうですか？　すごくおいしそうに見えますけど」

「でも、どうせなら完璧を目指したい」

真剣な顔で揚げたての唐揚げを見つめるクロがおかしくて、和音は思わず微笑む。

少し前まで、自分が台所に立っているときは和音を隣に立たせなかったクロだけど、最近はこうして一緒に料理をすることも増えた。

お互いの得意料理を教え合ったり、新しい料理に二人で挑戦したり、彼と一緒に何かをするのはとても楽しくて、和音はこの時間がとても好きだった。

「次はもっとおいしそうに作るからね」

そして和音に惚れ直してもらうんだと軽口をたたきながら、彼は唐揚げを手際よく皿に盛り付ける。

「和音の胃袋をがっちりつかみたいし」

「もう、十分すぎるくらい摑まれてる気がするんですけど……」

「じゃあ、愛してるって五回言って」

「ご、五回……!?」

微笑みながらコンロの火を消し、クロは和音をぎゅっと抱きしめる。

「言えないなら、今夜もレッスンしようか？」

「レッスンは、昨晩もしたので……」

「でも、もっとハキハキしゃべれるようになりたいだろう？」

「しゃべれるようになっても、好きを連呼するのは難しいかと……」

「でも好きって言えるなら、どんな言葉だって簡単じゃない？」

だから練習しようと微笑むクロに、和音は苦笑を返すほかない。

近頃クロは、和音の口下手を直すために毎晩のように会話の練習に付き合ってくれている。

けれどそれは、決して人に言えない甘い行為とセットなのだ。

「思ったんですけど、噛んだり、詰まるたびにキスっていうあの罰ゲーム、本当に必要です？」

「じゃあ、うまく言えたらご褒美にキスってルールの方がいい？」

「そもそも、キスされると余計に緊張します」

「それはあえてだよ。緊張しながらしゃべる練習になるし」

「絶対こじつけですよね」

「そんなことないよ。少しずつしゃべれるようになってるのは、絶対キスのおかげだから」

あと俺のおかげだと微笑むクロに、和音は呆れてしまう。

「はい、黙ったからお仕置きね」

「……ンッ、まだ……レッスンの時間じゃ……」

「ただいまのキスもまだしてなかったから」

深まるキスにふらつく和音を支え、クロは何度も唇を奪った。

恋人になってから、クロのキスはさらに容赦がなくなり、和音はすぐに蕩けてしまう。

「これは、食事より俺を食べてもらうのが先かな？」

「だ、駄目です……。確か今夜はトラさんが来るって……」

「そうだった。それになんか、静香も来るらしいんだよね」

だったら絶対に駄目だとクロを押しやると、彼は拗ねた猫の様に和音の髪に額を押し当てる。

「あの二人、家に入れるのやめようか」

「だめですよ。静香さんに、本を貸す約束をしてるんです」

「何か最近、二人妙に仲がいいな……。ちょっと妬《や》ける」

大人げない顔をするクロに、和音は思わず苦笑した。

静香は別荘でのことを彼女なりに反省しているらしく、小島の一件の後わざわざ和音に謝りに来てくれた。

そのときの何気ない会話から、彼女が海外のロマンス小説好きだと知り、その縁で近頃はよく本の貸し借りをしている。

「この前も、俺じゃない男の身体の話で盛り上がってただろ」

「あれは、小説の表紙の話です」

ロマンス小説の原書はセクシーなものが多い、というネタで盛り上がっていたのを、クロがこっそり盗み聞きしていたようなのだ。

「俺の方がセクシーだと思うんだけどな」

「それは否定しませんけど、表紙と競《きそ》うのもどうかと……」

「だって和音には、俺の身体だけ見てて欲しいから」

低く甘い声はからかい半分のものだとわかっていても、耳元で囁かれると身体がかっと熱くなる。

「そんな顔、トラに見せられないから今日はキャンセルしよう」

「駄目です。わざわざ来てくださるのに」

「ならいつもの和音に戻れるよう、どうにかしようか」

爽やかな笑顔の裏に込められた意味を察したけれど、彼がこんなふうに笑うときは絶対に譲らないときだと知っている。

だから和音はクロの首にそっと腕を回し、おずおずと口を開いた。

「だったら、すぐ起きられるように、今日は優しくしてくださいね」

「恋愛小説好きのくせに、そういうセリフが逆効果だってこと、全然学ばないよね」

言われてから自分の失敗に気づくが、訂正するより早くクロは和音を抱き上げる。

「子猫みたいに、いっぱい鳴かせるから覚悟してね」

猫はクロの方でしょうと言いたかったけれど、下手に何か言えばまた墓穴《ぼけつ》を掘りそうだったので慌てて口をつぐむ。

初めて会ったときは、鳴くのも抱き上げられるのもクロの方だったのにとちょっと不満に思いつつも、彼に振り回される日常が和音は嫌いではない。

むしろ幸せ過ぎるほどだと感じながら、和音は逞しい腕の中で頬を赤く染めた。


【了】

あとがき

この度は、『スパダリは猫耳ＣＥＯ』を手にとって頂きありがとうございます！

八巻《はちまき》にのはと申します。

原稿をほぼ終え、このあとがきを書くために、改めて『スパダリは猫耳ＣＥＯ』という単語を打っているのですが、よくこのタイトルと内容でＯＫが出たなと不思議な気持ちになります。

猫耳イケメンをやりたいと言い出したのは私ですが、まさか現代物で書かせて頂けるとは思わず、大変嬉しかったです。

そして何より、書いているときはずっと楽しかったです。楽しすぎて『こんなに自由に書いて良いんだろうか』と不安になるくらいです。（不安になっても、結局フリーダムさは治らないのだけれど）

そんなときでも、笑って背中を押してくださった編集のＹさんには頭が上がりません。

本当にありがとうございます。

そして猫耳イケメンという特殊すぎるオーダーに、素晴らしいイラストで応えてくださった百山《ももやま》ネルさんにも、大変感謝しております。

おかげさまで素敵な作品に仕上がりました。ありがとうございます！

猫耳への熱い想いと勢いで出来た小説ですが、少しでも楽しんで頂けたなら嬉しいです。

それでは、また次回も楽しい話をお届けできたらいいなと思っております！

八巻にのは

Sonya
ソーニャ文庫

この本を読んでのご意見・ご感想をお待ちしております。

◆ あて先 ◆

〒101-0051
東京都千代田区神田神保町2-4-7 久月神田ビル
㈱イースト・プレス　ソーニャ文庫編集部
八巻にのは先生／百山ネル先生

スパダリは猫耳《ねこみみ》CEO

2017年11月9日　第1刷発行

著　　者　八巻《はちまき》にのは
イラスト　百山《ももやま》ネル
装　　丁　imagejack.inc
D T P　松井和彌
編集・発行人　安本千恵子
発 行 所　株式会社イースト・プレス
〒101-0051
東京都千代田区神田神保町2-4-7 久月神田ビル
TEL 03-5213-4700　　FAX 03-5213-4701
印 刷 所　中央精版印刷株式会社

ISBN 978-4-7816-9612-6
定価はカバーに表示してあります。

Sonya ソーニャ文庫の本

『**抱いてください、ご主人様！**』 飯塚まこと

イラスト ひのもといちこ

Sonya ソーニャ文庫の本

『英雄騎士の残念な求愛』　八巻にのは

イラスト DUO BRAND.